LA VENGANZA DEL JEQUE
Tara Pammi

Editado por Harlequin Ibérica.
Una división de HarperCollins Ibérica, S.A.
Núñez de Balboa, 56
28001 Madrid

© 2018 Harlequin Books S.A.
© 2020 Harlequin Ibérica, una división de HarperCollins Ibérica, S.A.
La venganza del jeque, n.º 2769 - 1.4.20
Título original: Sheikh's Baby of Revenge
Publicada originalmente por Harlequin Enterprises, Ltd.

I.S.B.N.: 978-84-1348-006-0
Depósito legal: M-3814-2020
Impreso en España por: BLACK PRINT
Fecha impresion para Argentina: 28.9.20
Distribuidor exclusivo para España: LOGISTA
Distribuidor para México: Distibuidora Intermex, S.A. de C.V.
Distribuidores para Argentina: Interior, DGP, S.A. Alvarado 2118.
Cap. Fed./Buenos Aires y Gran Buenos Aires, VACCARO HNOS.

MIXTO
Papel procedente de
fuentes responsables
FSC® C108412

Capítulo 1

S OY ADIR al-Zabah, Majestad. Jeque de Dawab y de las tribus Peshani –se presentó Adir.

No sentía el menor respeto por el viejo rey, un hombre que había subyugado a una mujer para doblegarla a su voluntad, pero añadió media reverencia al saludo.

Aunque pudiese parecer un salvaje en comparación con sus reales parientes, los príncipes Zufar y Malak y la princesa Galila, él conocía bien las costumbres y tradiciones.

Adir al-Zabah miró al rey Tariq de Khalia, esperando una señal de reconocimiento en esos ojos cargados de pena.

Era una pena que él entendía, desoladora y total; una pena que había visto en sus propios ojos desde que recibió la noticia de que la reina Namani había muerto.

El genuino dolor del rey Tariq lo sorprendió. Su expresión desolada dejaba claro que había amado a su esposa, pero Adir no quería sentir compasión. Él no había tenido derecho a llorarla en público ni había podido honrarla durante el funeral.

Se le había negado la oportunidad de verla una sola vez en su vida.

No habría más cartas diciéndole que era querido, recordándole cuál era su sitio en el mundo, un sitio que no había podido reclamar durante tanto tiempo.

Tras la muerte de su madre, estaba absolutamente solo en el mundo.

Y todo por culpa de aquel hombre.

Mientras Tariq le devolvía la mirada con cierto aire de desconcierto, uno de los príncipes se colocó delante del rey, como para ocultar la patética imagen de su padre a los ojos de Adir.

—Soy el príncipe Zufar —le dijo—. Si has venido a presentar tus respetos a la reina Namani y prometer alianza al rey Tariq, ya has cumplido.

Adir apretó los dientes.

—Soy el jeque de Dawab y de las tribus Peshani. Somos tribus independientes, Alteza —replicó, con ironía—. No reconozco tu autoridad o la autoridad del rey sobre nuestras tribus. Nuestra forma de vida no reconoce vasallaje.

Le pareció ver un brillo de admiración en los ojos del príncipe Zufar, pero desapareció en un segundo y Adir se preguntó si se lo habría imaginado. ¿Tan desesperado estaba por una conexión familiar, por reivindicar lazos de sangre?

—Este es un momento privado para la familia real. Si no has venido a presentar tus respetos, ¿por qué has pedido audiencia con mi padre?

Tener que escuchar eso de aquel hombre, que había tenido todo lo que a él se le había negado, era como echar sal sobre una herida abierta.

—He pedido audiencia con el rey, no contigo.

Adir vio un brillo de satisfacción en los ojos de Zufar; la satisfacción de poder negarle cualquier cosa que pidiera.

—Mi padre está roto de dolor por la muerte de su reina.

La muerte de «su reina», no la muerte de «mi madre», pensó Adir. Las palabras del príncipe eran muy reveladoras.

No había dolor en los ojos de Zufar, ninguna ternura cuando hablaba de su madre.

Adir inclinó la cabeza en dirección al príncipe Malak y la princesa Galila.

–¿Quieres hablar de secretos inconfesables delante de tus hermanos? –le espetó.

Zufar palideció, pero siguió mirándolo con gesto arrogante.

–Las amenazas no te llevarán a ningún sitio.

–Muy bien entonces: soy el hijo secreto de la reina Namani.

Esa afirmación, que había repetido tantas veces en su cabeza, reverberó ahora en el frío silencio, roto solo por el gemido de la princesa Galila.

Adir giró la cabeza para mirar al rey Tariq. Con los hombros caídos, el anciano lo miraba fijamente, como si en él pudiese ver un reflejo de su querida esposa.

–¿El hijo de Namani? Pero…

–No lo niegue, Majestad. Veo la verdad en sus ojos.

Zufar se dio la vuelta para mirar al rey.

–¿Padre?

Pero Tariq seguía mirando a Adir.

–¿Tú eres el hijo de Namani, el niño que…?

–El recién nacido a quien tú enviaste al desierto, sí. El hijo al que separaste de su madre.

–¿Tú eres nuestro hermano? –lo interpeló entonces la princesa Galila–. ¿Pero cómo…?

–Namani mantuvo una aventura… –empezó a decir el rey Tariq.

–Se enamoró de otro hombre y fue castigada por ello –lo interrumpió Adir.

El rostro del rey pareció arrugarse de repente.

—¿Y qué es lo que quieres ahora que ha muerto? —le espetó el príncipe Zufar.

—Quiero lo que mi madre deseaba para mí.

—¿Y cómo sabes lo que ella quería para ti si no la conociste? —preguntó la princesa Galila en voz baja.

—Mi madre se vio obligada a renunciar a mí, pero no me abandonó.

El príncipe Malak, que había estado observando la escena en silencio, se colocó al lado de su padre.

—¿Cómo que no te abandonó? ¿Por qué hablas de la reina como si la hubieras conocido?

Adir frunció el ceño. Malak no se había molestado en defender el honor de su madre. No había interés o rencor en su expresión, solo una sombra de miedo.

—La conocí en cierto modo. Mi madre encontró la forma de mantener contacto conmigo. Me escribió durante todos estos años, animándome a triunfar en la vida. Me decía cuánto le importaba y cuál era mi sitio en el mundo. Cada año, en mi cumpleaños, me escribía cartas diciéndome quién era y cuál era mi sitio.

—¿La reina te escribió?

—Cartas escritas de su propia mano.

—¿Qué es lo que quieres? ¿Por qué has venido?

Adir miró al príncipe Zufar, decidido.

—Quiero que el rey me reconozca como hijo de la reina Namani. Quiero el sitio que me corresponde en la estirpe de Khalia.

—No —respondió el príncipe Zufar inmediatamente—. Eso sería un escándalo.

El rey Tariq tenía la mirada perdida y, a pesar de tantos años de rencor, Adir sintió compasión por el anciano. Estaba claro que había amado a la reina con todo su corazón.

–Es mi derecho –insistió, mirando a Zufar.

–Si se hiciese público que Namani tuvo un hijo ilegítimo, mi padre se convertiría en el hazmerreír de todo el país. No voy a permitir que su egoísmo siga haciéndonos daño, aunque haya muerto –Zufar apretó los labios–. Si eres el gran jeque que tu gente dice que eres, entenderás que debemos pensar en el país. No hay sitio para ti en Khalia.

–Me gustaría que eso lo dijese el rey.

–Mi decisión es la decisión del rey. No voy a permitir que provoques un escándalo declarando ante el mundo lo que hizo mi madre. Márchate, aquí no hay sitio para ti.

–¿Y si me negase a obedecer? –lo retó Adir.

–Ten cuidado. Estás amenazando al heredero del trono.

–¿Te preocupa que quiera gobernar Khalia, que vaya a exigir una parte de tu inmensa fortuna? Porque, si es así, debes saber que no tengo intención de quitarte nada. No necesito tu fortuna, lo único que quiero es ser reconocido.

–No lo permitiré mientras viva. Tú no eres más que el sucio secreto de mi madre, una mancha en la familia.

Las palabras de Zufar eran como golpes de una mano invisible, más letales porque en ellas había una verdad con la que siempre había tenido que luchar.

Era un sucio secreto, enviado al desierto desde que nació.

–Cuida tus palabras, Zufar. Podrían tener graves consecuencias.

–¿No te has preguntado por qué te pidió que reclamases tus derechos solo cuando ella hubiese muerto? ¿Por qué te escribía, pero nunca nos contó que teníamos un hermano?

–Quería proteger la reputación de la familia real. Ella era…

–La reina Namani –lo interrumpió el príncipe Zufar, con los dientes apretados– era una mujer egoísta que solo pensaba en sí misma. Escribirte no era más que una pataleta infantil. No pensó en las consecuencias para ti o para nosotros. Es una crueldad hacerte venir aquí cuando ella sabía que nada saldría de este encuentro.

–¿Y si contase la verdad a todo el mundo? –replicó Adir con amargura.

Su madre le había contado lo consentidos que eran sus hermanastros. Según ella, no se merecían los privilegios ni el respeto que recibían.

–No me asustan tus amenazas, Adir –le espetó Zufar–. La vergüenza será para ti y para ella, no para nosotros. Márchate o haré que los guardias te echen del palacio. Si fueras algo más que un bastardo, no te atreverías a amenazar a mi padre en este momento de dolor.

Amira Ghalib miró por la ventana por la que tenía intención de saltar, pero lo único que podía ver era una absoluta negrura.

Un vacío sin alivio a la vista. Un abismo sin fondo.

Lo que había sido su vida en esos veintiséis años. Como la idea de casarse con el príncipe Zufar, como su futuro como reina de Khalia.

Amira esbozó una triste sonrisa. Estaba volviéndose mórbidamente sombría, pero eso era lo que te hacía pasar cinco días encerrada en la habitación por tu padre después de recibir un manotazo en la barbilla.

O tener que contarle a su amiga Galila que, de nuevo,

había tropezado con una puerta sin darse cuenta. Y la indiferencia de su prometido, y no ser más que moneda de cambio para su padre, un hombre obsesionado con el poder.

Tenía menos libertad allí, en el palacio de Khalia, que en su propia casa. En el palacio todo el mundo la vigilaba. Los espías de su padre debían de haber confiscado su linterna, pero tenía que escapar, aunque solo fuese durante unas horas.

Amira miró por la ventana de nuevo. Había una pequeña cornisa que cubría la ventana del piso de abajo y era lo bastante grande como para apoyar los dos pies. Desde allí tendría que saltar a la siguiente cornisa y luego a una escalera que no usaba nadie, ni siquiera los criados. Y entonces sería libre del guardia apostado en la puerta de la habitación, libre de su padre y libre de sus obligaciones.

Podría pasear por los magníficos jardines que la difunta reina Namani había atendido personalmente. Durante unas horas, podría hacer lo que quisiera.

Lo único que tenía que hacer era contener el aliento y saltar.

Con el corazón acelerado, Amira se subió al alféizar y miró a su alrededor, intentando acostumbrarse a la oscuridad y a los sonidos de la noche. El relincho de un caballo, el tintineo del agua de una fuente, las pisadas de los guardias en el patio.

El cielo estaba lleno de estrellas, olía a jazmín y era una noche preciosa para escapar.

Sonriendo, Amira cerró los ojos y saltó.

−¿Qué haces? ¡Podrías haberte matado!

Amira, de rodillas, se quedó inmóvil al oír una ronca

voz masculina que envió escalofríos por su espina dorsal. Parpadeó, intentando verlo en la oscuridad.

Unos ojos de gato, de color ámbar, estaban clavados en ella. La luz de la luna se colaba a través de los arcos del patio, perfilando la figura del hombre, de anchos hombros y poderosos muslos. Amira miró su rostro y vio una barbilla cuadrada, una nariz recta, larga, una frente alta.

¿Sería uno de los guardias, algún espía de su padre? ¿O peor aún, de su prometido? Aunque preferiría enfrentarse con su prometido antes que con su padre.

−¿Te has hecho daño? −le preguntó él, saliendo de entre las sombras.

−No, estoy bien −respondió ella, intentando disimular una mueca de dolor. Se había despellejado las palmas de las manos con los adoquines del patio.

−No sabes mentir, *ya habibati.*

Tenía un acento aristocrático, similar al del príncipe Zufar, pero algo diferente. Con esa dicción perfecta y ese innato aire de autoridad, debía de ser un invitado del rey, alguien que podría reconocerla.

El hombre dio un paso adelante, pero Amira se apartó. Tenía que alejarse de aquel... interesante desconocido.

−Deja que te vea. Podrías haberte roto algún hueso.

−No me he roto nada.

−Deja que lo compruebe.

−Tengo un título en Enfermería y sé que no me he roto ningún hueso −replicó ella−. Por favor, márchate.

−No temas, no voy a hacerte daño.

Amira estaba asustada, pero también algo más. Un olor a sándalo mezclado con algo muy masculino llenó sus pulmones cuando él se acercó, esbozando una sonrisa de dientes perfectos, muy blancos.

–¿Piensas quedarte aquí, en el suelo?

Amira asintió, sabiendo que debía de parecer una loca.

–Si eso es lo que quieres, me parece bien mantener esta conversación en el suelo –dijo él entonces, poniéndose en cuclillas a su lado con la gracia de un predador.

La luna eligió ese momento para colarse a través de los arcos, iluminando el rostro del desconocido, y Amira contuvo el aliento al ver un brillo de humor en los ojos de color ámbar. Su rostro, increíblemente apuesto, parecía esculpido por un artista. Había algo aristocrático en esas facciones, algo familiar y esquivo a la vez.

La frente alta, la nariz recta, la piel bronceada por el sol, como si pasara mucho tiempo al aire libre, y una mandíbula definida que parecía hecha para ser acariciada.

–Levanta la cara para que pueda verte –dijo él en voz baja.

En lugar de apartarse, en lugar de bajar la mirada como le había enseñado su padre, Amira aprovechó el momento para estudiar ese rostro tan hermoso, pero cuando él levantó una mano se echó hacia atrás instintivamente.

–¿Puedo tocarte? Prometo no hacerte daño.

No lo conocía de nada, pero sabía de modo instintivo que aquel hombre no levantaría la mano contra una mujer o contra alguien más débil que él por ninguna razón. Emanaba poder por todos sus poros y podría imponer respeto en cualquier sitio.

Amira asintió con la cabeza. Irracionalmente, quería sentir el roce de aquel hombre, por breve que fuese.

Pensó que iba a levantarla, pero no lo hizo. Se limitó a tomar su cara entre las manos, acariciándola con tal delicadeza que sus ojos se llenaron de lágrimas.

–Tienes la marca de unos dedos en esa preciosa barbilla –dijo en voz baja, con contenida violencia. Parecía furioso al ver el moretón.

Amira cerró los ojos para no traicionarse a sí misma. Nunca había llorado, ni siquiera cuando su padre le pegaba, pero ahora… se sentía tan frágil como el cristal.

Y también sentía otras cosas. Era como si todos sus sentidos estuvieran despertando a la vez. El cuerpo masculino envolviéndola como una manta, su aroma, una embriagadora mezcla de sándalo, cuero y hombre.

Él le levantó la cara para mirar el moretón que el maquillaje no podía ocultar y Amira dio un respingo.

–Perdóname, prometí no hacerte daño.

–No me has hecho daño.

–¿No?

–La piel humana tiene miles de terminaciones nerviosas que reaccionan a los estímulos externos. Además, nadie me toca más que mi padre y nunca de ese modo tan delicado, así que he sentido una especie de quemazón… pero no me has hecho daño –se apresuró a explicar Amira al ver que él enarcaba las cejas–. Ha sido muy agradable. Creo que es por eso por lo que he dado un respingo. Porque incluso el placer, especialmente cuando es inesperado, provoca una reacción.

–¿No me digas? –respondió él, esbozando una sonrisa.

Cuando sonreía le salían unos adorables hoyuelos en las mejillas. Además, sonriendo era mil veces más guapo.

–Hablo sin parar cuando estoy nerviosa, triste o enfadada. Mi padre cree que lo hago para insultarlo.

–¿Y qué pasa cuando te sientes feliz?

–Eres muy listo, ¿no? La gente cree que la inteligencia es… –Amira se aclaró la garganta–. En fin, también lo hago cuando me siento feliz. Ahora que lo pienso, lo hago todo el tiempo.

La sonrisa del desconocido se convirtió en una carcajada. Ronca, grave, sensual, pero también un poco extraña. Como si no lo hiciese mucho.

Amira quería bañarse en esa sonrisa. Quería ser la causa de esa sonrisa. Quería pasar una eternidad con aquel emocionante desconocido que la hacía sentir segura. Quería…

–Tengo que irme.

Era hora de marcharse. Aquel hombre la afectaba de una forma incomprensible.

Él frunció el ceño.

–¿De verdad no te has hecho daño?

–He calculado mal la distancia hasta la escalera, pero no me he hecho daño.

–¿Y por qué has tomado una ruta tan peligrosa para salir del palacio? ¿Cómo te llamas?

«Zara, Humeira, Alisha, Farhat…».

–No te inventes un nombre.

Amira parpadeó, sorprendida. ¿Le había leído el pensamiento?

–Me metería en líos si alguien se enterase de que me he escapado de mi habitación o que he estado hablando con un desconocido.

–Nadie lo sabrá. Te llevaré de vuelta a tu habitación sin que nadie te vea.

No dejaba de mirarla a los ojos, como si la encontrase fascinante.

–No sé si puedo confiar en ti.

Él le apartó un mechón de pelo de la cara y el tierno roce le quitó la poca cordura que le quedaba.

–Yo creo que sí confías en mí, por eso no has salido corriendo. Solo tienes que dar el último paso, *ya habibati*. Solo somos dos extraños que se han encontrado en la noche, pero me gustaría saber cómo te llamas.

Si se lo hubiera ordenado, Amira se habría inventado un nombre, pero el anhelo que había en esas palabras resonó en su alma. ¿Quién podría negarle nada a aquel hombre, tan hermoso como el paisaje del desierto?

Aunque era inocente con respecto a los hombres, sentía como si lo conociese y sabía que no le haría daño.

–Me llamo Amira.

Un brillo apareció en sus ojos entonces. Los dos sabían que le había dado algo más que su nombre en ese momento.

–Yo me llamo Adir.

–*Salaam-alaikum*, Adir.

–*Walaikum-as-salaam*, Amira –dijo él, tomándole la mano para depositar un beso en la suave piel de su muñeca.

Era un beso casto, un mero roce de sus labios. Y, sin embargo, su pulso se aceleró.

–Conocerte ha mejorado mil veces una noche horrible.

Adir sonrió. Había fuego en sus ojos y ella quería responder con el mismo fervor. Por una noche, solo quería ser Amira y no la hija de un hombre obsesionado con el poder ni la prometida de un príncipe indiferente. Quería echarse en los brazos de Adir y olvidarse de todo.

—Cuando sonríes te salen unos hoyuelos en las mejillas. ¿Sabías que los hoyuelos salen cuando un músculo facial llamado cigomático mayor es más corto de lo normal? A veces, también son provocados por una excesiva cantidad de grasa en la cara. Aunque, en tu caso, definitivamente no es eso porque pareces tan duro como esas estructuras de piedra del desierto…

—¿Estás diciendo que mi cara es defectuosa?

Ella intentó soltarse la mano, pero Adir no la dejó.

—Por favor, tú sabes que no tienes defectos.

Eso pareció sorprenderlo. ¿Por qué? ¿No se miraba al espejo? ¿No tenía docenas de mujeres suspirando por esa sonrisa?

Sin dejar de sonreír, Adir la ayudó a ponerse en pie.

—Eres como una tormenta en el desierto, Amira.

—No sé si eso es un halago.

—¿Quieres un halago, *ya habibati*?

—Sí, por favor.

Él se rio de nuevo, como para recompensarla por su sinceridad.

—Eres preciosa. Y ahora, por favor, permite que compruebe que estás bien —murmuró, pasando las manos por su cuerpo de un modo impersonal, como si lo hubiera hecho muchas veces—. ¿Y qué es esta vez?

Amira frunció el ceño.

—¿A qué te refieres?

—¿Qué te ha empujado a compartir tan importantes datos sobre los hoyuelos de las mejillas? ¿Estás triste por mi culpa, enfadada?

—Quieres que admita algo que no debería admitir. ¿No es suficiente que haya hecho el ridículo?

—Por favor, *ya habibati*.

—Me siento atraída por ti —le confesó Amira—. He

leído novelas románticas en las que explican lo que siente una mujer cuando encuentra atractivo a un hombre, pero nada de eso puede compararse con lo que yo siento ahora mismo. Todo es tan nuevo y extraño… Me da miedo y…

Desesperada, levantó la mirada. Las estrellas brillaban en el cielo, como haciéndole guiños. La fragante noche, llena de susurros y misterios, parecía un castigo porque prometía algo que ella nunca podría tener.

—Ven conmigo, Amira. Solo unas horas, nada más.

—No puedo. No estaría bien.

—¿Por qué?

—Porque no puedo sentirme atraída por ti. No puedo disfrutar de este momento robado contigo. Y no solo porque mi padre me mataría si se enterase —Amira intentó apartarlo—. Estoy prometida con otro hombre.

—¿Y ha sido tu prometido quien te ha hecho eso? —le preguntó él con voz ronca, señalándole la barbilla.

—No, él apenas me mira. No creo que sepa de qué color son mis ojos.

—¿Entonces quién?

—Mi padre es un hombre… en fin, tiene muy mal carácter.

Él la envolvió entre sus brazos y el calor de su cuerpo la hizo temblar. Era sorprendentemente duro por todas partes… el abdomen, los muslos, los marcados bíceps. Para su eterna vergüenza, quería que la tocase por todas partes.

Se sentía consumida por él.

Cerrando los ojos, se dejó caer sobre su torso. Su aroma la envolvía y notaba los latidos de su corazón como un trueno. Sus manos eran grandes, morenas, los dedos largos, de uñas cuadradas. Llevaba un anillo con una esmeralda y Amira lo trazó con un dedo, intentando grabarlo en su memoria.

Era la primera vez en su vida que un hombre la abrazaba así y era tan emocionante, tan extraño…

–¿Es por eso por lo que hay sombras en tus preciosos ojos? ¿Porque amas al hombre con el que vas a casarte, pero él no te corresponde?

–¿Amar? Me conformaría con que me mirase. Mi padre es el mejor amigo del rey Tariq y he estado prometida con el príncipe Zufar toda mi vida –le contó Amira, dejando escapar una risa amarga–. Voy a ser la reina de Khalia, Adir. Me han educado y moldeado para ser el complemento perfecto del príncipe Zufar. Mi vida nunca ha sido mía. Mi voluntad no puede ser mía. Mis sueños, mis deseos… no me pertenecen.

Capítulo 2

TAN SORPRENDENTE anuncio lo dejó inmóvil. ¡Era la prometida de Zufar, la futura reina de Khalia!

Aunque estaba ardiendo de deseo, Adir hizo un esfuerzo para controlarse.

–Estás temblando –susurró, pasando las manos por sus brazos. Pero debió de apretárselos sin darse cuenta porque ella dejó escapar un gemido.

Adir aflojó la presión inmediatamente, pero por razones que no podía entender, no quería soltarla. Entendía el deseo que sentía por ella. Era preciosa, valiente, inteligente y divertida. Pero ese fiero anhelo de poseerla… eso salía de otro sitio.

¿Tal vez porque era la más preciosa posesión de su hermanastro?

–Debería alejarme de ti, de este momento –musitó Amira, hundiendo la cara en sus brazos–. Me duele porque me recuerda lo que no puedo tener y no podré tener nunca.

–Solo quiero abrazarte. Lo que necesitas está aquí, ahora, conmigo.

Adir acarició su pelo. Era tan inocente, tan confiada… Un regalo que Zufar no se merecía. Un regalo que no valoraba. Si lo hiciese, Amira no anhelaría la compañía de un desconocido.

Un regalo que había caído en sus manos.

Le levantó la barbilla con un dedo para mirarla a los ojos y el transparente deseo que vio en ellos disipó cualquier duda. Dejándose llevar por un deseo salvaje, posesivo, inclinó la cabeza para rozar sus labios.

Era tan preciosa, tan joven y dulce…

Tan fácil de seducir…

Si algo dentro de él se rebelaba ante la idea, Adir lo suprimió con la misma determinación con la que había sobrevivido a las duras condiciones del desierto.

Sorprendida al principio, Amira se puso tensa. Pero la atracción que había entre ellos estaba ahí, una chispa a punto de convertirse en una conflagración.

Adir pasó las manos por su espalda mientras la besaba. Una urgencia que no había sentido nunca lo aguijoneaba, pidiéndole que la empujase contra la pared, que se apretase contra ella, que deslizase la lengua en su boca mientras se hundía en su calor del mismo modo… para hacerla suya, allí, en ese momento, para poner en ella su sello…

«¡No!».

Quería que ella disfrutase también, de modo que debía controlar su desenfrenada libido.

—¿Adir? —susurró Amira, mirándolo fijamente—. ¿Por qué has parado?

—Quiero que tú también disfrutes.

—Me gusta. Es tan… no sabía que un simple beso pudiera ser tan poderoso.

Era tan inocente y, sin embargo, capaz de decir precisamente lo que encendía su sangre. Adir le clavó los dientes en el labio inferior.

—Un beso puede ser una tormenta cuando dos personas se desean de verdad.

—Entonces, ¿a ti también te ha gustado?

—Tienes una mente muy curiosa, ¿no?

Amira se encogió de hombros, estudiándolo con sus grandes ojos castaños.

–Es que me preguntaba…

Adir frotó su nariz con la suya, un gesto de ternura que lo sorprendió incluso a él. Aquello era solo el preludio, se recordó a sí mismo.

Amira era suya desde el momento que levantó la mirada en el oscuro callejón.

¿Qué había de malo en dejarse llevar por esa fantasía? ¿Qué había de malo en darle lo que quería?

–¿Qué te preguntabas, *habiba*?

–Si tú habías sentido lo mismo. Es que… ningún hombre me había besado así.

–¿Ni siquiera tu prometido?

–No –respondió ella–. Lo único que ha hecho es darme la mano, y solo en público. Pero, evidentemente, tú has estado con otras mujeres.

Adir nunca había disfrutado tanto conversando con una mujer, pero en realidad nunca había tenido inclinación ni tiempo para mantener una relación de verdad.

Las mujeres existían para saciar los deseos de su cuerpo y solo cuando estaba fuera del país. No podía faltar al respeto a su gente tomando a una mujer como amante cuando todo el poder estaba en sus manos.

–¿Por qué «evidentemente»? ¿Quieres saber cuántas?

–No –se apresuró a responder ella–. No quiero que la vida real interrumpa este sueño. Es que siento curiosidad. Me gustaría saber si esto es tan poderoso para un hombre con experiencia, y que ha tenido muchas compañeras de cama, como para una mujer cuyo prometido no la ha besado nunca y apenas la mira.

Esa admisión hizo que algo se encogiese en su

pecho. Había química entre ellos y él estaba usándola como una herramienta. Eso era lo que había hecho siempre para abrirse camino en la vida, para pasar de ser un huérfano a ser el jeque de tribus enfrentadas.

Para ser el hombre que había hecho lo imposible.

Se llevó su mano al pecho, donde su corazón latía como un trueno, y la deslizó por su estómago… y más abajo.

Ella gimió cuando puso la mano sobre su dura entrepierna. Adir la cubrió con la suya para que sintiera lo que le hacía y tuvo que apretar los dientes cuando ella, con esa innata curiosidad, empezó a explorarlo con los dedos.

Suspirando, se inclinó hacia delante para apoyar la frente en la suya.

—Ese beso no ha sido algo normal, Amira. Ha provocado un incendio en mí y el deseo hace que no pueda respirar.

Una alegría incandescente iluminó su rostro y esa sonrisa hizo que se sintiese como un rey.

Adir hundió los dedos en la oscura melena, besándole la barbilla, el cuello, los párpados, las sienes… La besaba por todas partes, evitando la dulce ofrenda de su boca. Volvió a hacerlo una y otra vez hasta que sintió como si hubiera esperado una eternidad para besarla en los labios. Hasta que el roce de su erección contra el inocente vientre femenino era una sensual tortura.

—Podría estar haciendo esto toda la noche, *habiba* –susurró, luchando para mantener el control.

—Yo no puedo –dijo ella entonces.

Riéndose, Adir decidió rendirse. Estaba más ansioso que nunca por saborear los labios de una mujer.

No, los labios de aquella mujer. El cuerpo de aquella

mujer, su inocencia y el deseo que había expresado con tal pasión y generosidad.

La apretó contra su torso y, cuando exigió entrada en la dulce caverna de su boca, ella se rindió con un gemido. Adir le lamió la curva del labio inferior, despacio, poniendo en esa caricia toda su experiencia.

Amira puso las manos sobre sus hombros, empujando sus pechos hacia él, como pidiendo más.

Eso selló la noche.

Le daría lo que tan desesperadamente necesitaba y Amira iría con él por voluntad propia. Porque lo que había entre ellos no se parecía a nada que hubiera sentido nunca.

–Ven conmigo, Amira. Solo una noche, unas horas. Roba algo de la vida para ti misma, *ya habibati*.

Le temblaban los labios y sus ojos brillaban de deseo… y algo más. Adir no tenía que preguntar. Era suya. Y, sin embargo, quería que ella tomase la decisión.

Esa sería su venganza. Robaría algo que pertenecía a su hermanastro, como Zufar le había robado a él. Y la venganza sería más dulce si su prometida iba con él por voluntad propia.

–Es tu decisión, Amira –le dijo, pasando la yema del pulgar sobre los temblorosos labios–. Puedes volver a tu habitación y pensar en lo que podría haber habido entre nosotros durante el resto de tu vida o…

Adir inclinó la cabeza para lamer el pulso que latía en su garganta y sonrió perversamente al notar que apretaba las piernas. Estaba lista para él aunque no lo supiera, y eso lo llenó de un primitivo orgullo. Se sentía como los antiguos guerreros que habían conquistado el formidable desierto.

–Yo…

–Puedes elegirme a mí, elegir esto, durante unas horas.

Cuando ella lo miró con los ojos llenos de lágrimas, como si él fuera el sol, la luna y las estrellas, Adir intentó contener la inquietud.

«Eres una mancha en la familia».

Zufar pagaría por esas palabras. Tomaría lo que quería, lo que había caído en sus manos, sin sentirse culpable.

–Sí, yo… me gustaría pasar unas horas contigo.

Adir besó su sien. Su frágil belleza era muy valiente y él haría que esa noche mereciese la pena. Le daría infinito placer.

–Te traeré de vuelta sana y salva.

Cuando Amira asintió con la cabeza, Adir se apoderó de su boca en un fiero beso, olvidando en ese instante que era inocente. Deslizó la lengua entre sus labios, empujado por una oscura necesidad de poseerla, de tomar lo que debería haber sido de Zufar.

El hijo legítimo de su madre, el futuro rey de Khalia, el hombre que nunca había dudado de sus orígenes o su sitio en el mundo, el hombre que le negaba a él el sitio que le correspondía en la familia real.

Sí, era una venganza justa.

El deseo de tomarla allí, en la oscura escalera, lo hacía vibrar, pero él no era un salvaje, de modo que se apartó de la dulce tentación de su boca.

–¿Dónde vamos? –le preguntó ella, con un brillo travieso en los ojos.

–He oído tantas historias sobre los jardines de la reina… –respondió Adir, recordando las cartas de su madre, en las que hablaba de los jardines del palacio, en los que trabajaba horas y horas. Los jardines habían sido su verdadero amor.

Amira esbozó una sonrisa.

–Ahí es precisamente donde yo quería ir esta noche.

–Entonces, el destino ha hecho que nos encontrásemos precisamente esta noche.

–El destino no, Adir. Tú y yo estamos juntos porque los dos hemos decidido que así fuera, ¿no? Esta noche no hay destino, no hay fuerzas empujándonos. Solo tú y yo.

–Tú y yo –asintió Adir, tirando de ella para que no pudiese ver las sombras de sus ojos.

Era suya por esa noche, no de Zufar. Solo debía pensar en eso.

Durante esas dos horas, Amira sentía como si estuviese flotando por las nubes. Dos horas con Adir a su lado, paseando por los famosos jardines de la reina Namani. Dos horas sonriendo, hablando, bromeando.

Dos horas en las que había sido ella misma por primera vez en toda su vida.

Adir la había llevado por corredores vigilados por guardias armados sin que los viesen. Casi como si estuviera entrenado en tácticas de guerrilla militar. O tal vez había estudiado el plano del palacio porque parecía conocer todos los caminos que llevaban al jardín; rutas que ni siquiera ella, que había visitado el palacio tantas veces, conocía.

¿Sería un miembro de la escolta del rey, algún guardia de seguridad destacado en el palacio para el funeral de la reina?

¿Sería ella una más en una larga lista de mujeres con las que hacía aquello?

Amira descartó tal pensamiento. Aunque así fuera,

le daría igual. No podía pensar en eso si quería robar aquella noche para sí misma, si quería pasar unas horas con un hombre que parecía entenderla, que la admiraba y se sentía atraído por ella.

Tras la sorpresa que había visto en sus ojos cuando le contó quién era su prometido, no había vuelto a mencionar al príncipe Zufar. O a la familia real. Solo la reina Namani apareció en la conversación de vez en cuando. Adir hablaba de ella con tono reverente y Amira no dijo nada. Lo que ella pensase de la reina, por opuesto que fuese, era irrelevante esa noche.

Esa noche era suya y no quería pensar en nada más.

A pesar de su encanto y su arrogancia de macho alfa, Adir parecía distante, reservado, pero también protector. No podía olvidar su fiera expresión cuando vio el moretón en su barbilla.

–¿Tienes frío? –le preguntó Adir, quitándose la chaqueta para pasarla sobre sus hombros.

La luz de la luna destacaba los planos de su rostro y la fragancia del jazmín se mezclaba con el olor de su piel. Recorrieron el laberinto de altos setos hasta llegar a la famosa fuente iluminada en el centro.

Había visitado los jardines muchas veces y, sin embargo, nunca había visto aquel rincón tan íntimo en el centro del laberinto, que el rey Tariq había hecho construir como regalo para su esposa, la reina Namani.

Era una noche preciosa, mágica, como si el universo estuviera conspirando para darle todo lo que quería.

Aquel sitio parecía hecho para ellos. Los altos setos ofrecían intimidad y el tintineo del agua de la fuente ahogaba todos los demás sonidos.

Sentía un cosquilleo de emoción por el hombre que apretaba su mano.

–¿Por qué estudiaste Enfermería? –le preguntó Adir.

–Mi madre, que siempre había querido estudiar Medicina, me compró un estetoscopio de juguete y solíamos jugar a los médicos. Ella era la paciente y yo el médico. Lo pasábamos muy bien, pero un día se puso enferma y… murió de repente.

–Lo siento mucho.

Amira asintió con la cabeza.

–Yo era una buena estudiante y sacaba muy buenas notas. Quería estudiar Medicina, pero mi padre se negó. Decía que estaba destinada para algo mejor. Poco después, cuando estaba oficialmente comprometida con Zufar, le dije que quería estudiar Enfermería, que sería bueno para mi labor con las organizaciones infantiles con las que trabajaría en el futuro. Le dije que necesitaba su permiso porque mi padre no quería que estudiase y que si él estaba de acuerdo no volvería a pedirle nada. Creo que esa fue la única ocasión en la que Zufar me miró como a una persona de verdad, no solo como la prometida que había sido elegida para él.

–¿Y qué dijo? –le preguntó Adir, con una extraña intensidad.

–Que prefería una esposa que supiera encontrar la felicidad por sí misma a una que arruinase la vida de los demás. Le dijo a mi padre que mi educación, mi futuro, dependían de él porque pronto sería mi esposo –Amira esbozó una sonrisa–. Yo podría haberlo besado aquel día.

–¿Lo hiciste?

Ella negó con la cabeza, pensativa. Un brillo extraño aparecía en los ojos de Adir cada vez que mencionaba a Zufar.

–No, pero aunque lo hubiera besado, habría sido solo por gratitud. Nada que ver con el beso que hemos compartido.

No podía imaginarse besando a Zufar de ese modo. De hecho, estaba segura de que no sentiría una fracción de lo que sentía con Adir aunque pasara cien años con el príncipe.

–Pareces seductoramente inocente, pero eres muy astuta –comentó Adir entonces.

–Lo dices como si fuera… perversa.

Él soltó una carcajada.

–No, al contrario, era un halago. Supiste resolver una situación que te colocaba en desventaja para hacer realidad tus sueños. Muy inteligente por tu parte.

Amira se puso de puntillas para besarlo. Quería su risa y sus halagos, pero también quería disfrutar de ese cuerpo tan viril. Quería aprender a ser una mujer que deseaba a un hombre y se abrió para él como un girasol, esperando que tomase lo que quisiera de ella. En esa ocasión, cuando la devoró, estaba más que preparada.

El calor masculino la envolvía y los dedos que se clavaban en su cuerpo despertaban sus sentidos. Se agarró a él, al crudo incendio que evocaba con su perversa boca, a la urgencia de su lengua deslizándose entre sus labios.

–Me encantaría estar cerca el día que Amira Ghalib decida ser perversa de verdad –musitó Adir.

Ella trazó la comisura de sus labios con el pulgar, sintiendo la presión de su erección en el vientre.

–Este es el momento, Adir. Quiero ser perversa contigo.

—¿Aquí, conmigo?

Cuando le quitó la chaqueta de los hombros y la dejó sobre la hierba, el corazón de Amira se volvió loco. Cuando bajó la cremallera del vestido, se quedó sin respiración.

Cuando le quitó el vestido y fue besando su espina dorsal hasta la curva de sus nalgas pensó que iba a quemarse por dentro.

Y cuando se puso de rodillas y enterró la cara en su vientre, agarrando sus caderas e inhalando profundamente su femenino aroma, sintió un torrente de humedad entre las piernas.

Cuando apartó a un lado las bragas para hundir un dedo entre los pliegues de su sexo mientras sus oscuros ojos la mantenían cautiva, cuando lamió su humedad con una perversa sonrisa y le preguntó si era por él, se le doblaron las rodillas y cayó en sus brazos.

Aunque viviera cien años, jamás olvidaría esos sonidos, el aroma del jazmín, la luz de la luna esa noche mientras él la rozaba tentativamente con la lengua.

No olvidaría la luz de las estrellas brillando en el cielo cuando él tomó un pezón entre los labios y lo chupó en una caricia tan carnal que Amira se dejó caer sobre la hierba, trastornada.

O los roncos gemidos que escapaban de su garganta una y otra vez, sin la menor vergüenza. Los susurros y súplicas cuando la penetró con dos largos dedos, tan profundamente que pensó que iba a estallar de gozo.

O las sensaciones, como el embate de olas gigantes, cuando entró en ella. Experimentó un instante de dolor, seguido de una abrumadora sensación de plenitud cuando estuvo acoplado con ella. Nunca volvería a estar completa sin él, pensó en su arrebato. El sudor que cubría su frente, la expresión tensa de su rostro, el torbellino de deseo de su vientre cada vez que empujaba un poco más…

Quería entregarse por entero al placer que creaban sus cuerpos. Quería entregarse a ese momento, dejar que él hiciera lo que quisiera.

La luz de la luna acariciaba los duros planos de su rostro mientras empujaba en ella una y otra vez, con los ojos de color ámbar encendidos de deseo.

Amira se apoyó en los codos para besarlo. Sabía a sudor, a cuero, a virilidad.

—Quieres algo —susurró Adir.

—Quiero tocarte.

Ansiosa, Amira metió una mano bajo la camisa para acariciar el duro terciopelo de su piel, notando los salvajes latidos de su corazón. Movió la mano sobre su torso, descubriendo los duros pectorales, los tensos músculos de su abdomen… y más abajo, donde estaban unidos.

—¿Te gusta? —susurró.

Él movió las caderas adelante y atrás y Amira puso los ojos en blanco.

—¿Lo dudas, *habiba*?

Adir empezó a frotar y pellizcar el sitio donde la presión había ido creciendo con cada embestida y Amira pensó que se moriría si no…

Por fin, dejó escapar un grito cuando el placer la envolvió, haciendo que perdiese la cabeza del todo.

—Eres la mujer más hermosa que he visto nunca —dijo él con voz ronca.

Y cuando empezó a moverse más rápido, cuando depositó un beso de pasión en su boca, cuando la miró a los ojos susurrando su nombre mientras se dejaba ir, cuando el indescriptible placer que encontraba con ella le quitó la arrogancia, la autoridad y la oscuridad que había en él, Amira supo que había tomado la decisión acertada.

Aquel hombre era suyo, aquel momento era suyo.

Porque ella lo había elegido.

Capítulo 3

Cuatro meses después

Amira se miró en el espejo dorado de cuerpo entero, con los pies clavados en la gruesa alfombra de la habitación. Estaba rodeada de muebles dorados y caras alfombras y… era una jaula.

Una jaula dorada en la que no tenía libertad, un sitio donde nadie la conocía de verdad.

Se llevó una mano al vientre, la curva indetectable bajo los voluminosos pliegues del elaborado vestido de novia.

El vestido de novia, el día de su boda… y estaba embarazada de un hombre que no era su futuro marido.

«El hijo de Adir».

Bajo la luz del sol que entraba por las ventanas, la pedrería bordada en el estrecho corpiño del vestido resplandecía como un gran tesoro.

Al menos hacía que sus lágrimas pareciesen un efecto de la luz, pensó. Su amiga Galila y la doncella que le habían asignado la habían mirado con gesto de sorpresa cuando insistió en ponerse ella misma un vestido que pesaba una tonelada.

Pero tal vez debería haber dejado que viesen el resultado de su noche de libertad. Tal vez habría sido mejor dejarles ver su hinchado vientre.

La furia de su padre cuando se lo contó fue terrible. Hasta ese momento no había entendido cuánto le importaba su estatus como padre de una reina. Hasta esa noche, cuando la empujó con tal fuerza que perdió el conocimiento, siempre había encontrado excusas para su violento comportamiento.

¿Qué pensaba que haría el príncipe Zufar cuando descubriese que esperaba el hijo de otro hombre?, le había dicho. Un bastardo. Así era como llamarían a su hijo si no se casaba con el príncipe.

Amira no quería engañarlo. Zufar nunca había tenido el menor interés por ella, pero no se merecía eso.

Su padre quería que diese al bebé en adopción. Como un paquete rechazado, una mancha en su reputación que lavarían de ese modo…

Un gemido escapó de su garganta. A pesar de las amenazas, Amira había intentado ver al príncipe Zufar a solas la noche anterior. Quería explicarle por qué debían cancelar la boda, pero su padre la había encontrado en la puerta del estudio del príncipe y la había llevado de vuelta a su habitación. La empujó violentamente y, trastabillando, Amira se golpeó la cabeza y perdió el conocimiento. Y por la mañana era demasiado tarde.

El príncipe Zufar ya había ido al desfile que tendría lugar antes de la boda. Se verían en el salón donde iba a celebrarse la ceremonia.

En cada guardia, en cada dignatario, en cada hombre con el que se cruzaba, Amira había buscado los anchos hombros, el rostro serio, la perversa y cálida sonrisa de Adir.

Lo había buscado porque estaba en un aprieto, se recordó a sí misma. Porque necesitaba desesperadamente detener aquella farsa. Nada más.

Pero no había ni rastro de Adir.

—¿Estás bien, Amira? —le preguntó su amiga de la infancia, Galila, la hermana del príncipe Zufar.

—Sí, yo… ¿sabías que con el dinero que ha costado este vestido podría haberse alimentado a los pobres de Khalia durante diez años? ¿Que veinte mujeres trabajando día y noche tardan trescientos días en crear un vestido como este?

Su amiga la miró con gesto preocupado.

—Puede que mi hermano no sea el hombre ideal, pero no es un monstruo.

—Ya lo sé.

—Tengo que ir a buscar las joyas reales. ¿Te importa quedarte sola un momento?

—No, claro —respondió Amira automáticamente. Pero cuando Galila salió de la habitación con la doncella, el pánico se apoderó de ella.

¿Podría escapar en ese momento? ¿Podría salir de la habitación, decir que estaba enferma y huir de algún modo del palacio? Podría comprar un billete de avión con las gemas del vestido. ¿Aunque dónde podía ir con un vestido que pesaba una tonelada y sin ninguna energía? Apenas había podido probar bocado en una semana.

Además, el extravagante vestido la delataría. Tenía que librarse de él si quería escapar sin ser vista…

Angustiada, se tapó la cara con las manos. Se quedaría con su hijo, daba igual lo que pasara. No dejaría que nadie los separase.

Un golpecito en la ventana hizo que levantase la cabeza. No había viento aquel día. De hecho, Galila y la doncella habían comentado que era un día precioso para casarse…

Amira contuvo el aliento cuando una cabeza morena asomó en la habitación. Un rostro duro, impresionante, un rostro que la había perseguido en sueños durante cuatro meses.

Anchos hombros, cintura estrecha, unos muslos duros y poderosos que habían abrazado sus caderas mientras entraba en ella, causándole un indescriptible placer.

Unos ojos de color ámbar, una boca capaz de una infinita ternura.

—*Salaam-alaikum*, Amira.

Ella tuvo que apoyarse en el respaldo de un sillón porque se le doblaban las piernas. Solo era alivio, solo alivio, se repetía a sí misma.

No le había hecho promesas y ella no esperaba nada, pero podría ayudarla a escapar de allí. Podría ser libre, crear una vida para ella y para su hijo que no fuese gobernada por nadie más que por ella misma. Una vez que estuviera asentada, podría contárselo. Tal vez él aceptaría visitar a su hijo de vez en cuando. Tal vez podrían llegar a algún tipo de acuerdo…

—¿Amira?

Perdida en sus pensamientos, ella dio un respingo.

—No quiero parpadear por temor a que desaparezcas. No es racional, lo sé, pero te estoy viendo. Mi cuerpo recuerda tu olor a cuero, a sándalo, a ti. La mente es algo tan poderoso, teje tales ilusiones. Solía ver a mi madre meses después de que hubiese muerto. Una alucinación provocada por…

—¿Cuánto tiempo tienes antes de casarte con tu príncipe?

El rencor que había en su tono la sorprendió. No era el hombre encantador al que había entregado su virginidad. Algo era diferente, algo lo había alterado.

En sus ojos había una intensidad llena de sombras.

Él se acercó con silenciosos pasos, mirando el vestido con gesto de burla.

En sus ojos había una intensa emoción. ¿Resentimiento? ¿Ira? Pero…¿por qué?

—Mi padre llegará en una hora para acompañarme —respondió por fin–. ¿Por qué me miras así, con ese desdén?

—¿Te miro con desdén?

—Sí.

—Me preguntaba si una noche de ilícita libertad te habría hecho olvidar el deseo de rebelarte. ¿Eres feliz de casarte con tu príncipe?

Amira apretó los labios, dolida.

—¿Cómo te atreves?

¿Quién era aquel hombre? ¿Qué sabía en realidad de aquel extraño? ¿Y cómo reaccionaría si supiese que esa noche había tenido irrevocables consecuencias?

Consecuencias que temía contarle. Consecuencias que eran más importantes que ellos dos.

—¿Dónde te ha pegado esta vez? –le preguntó él entonces.

Amira sacudió la cabeza.

—Iba a contarle al príncipe que no podía casarme con él, pero mi padre me lo impidió. Me metió en la habitación a empujones, me golpeé la cabeza y perdí el conocimiento.

Adir apretó los dientes en un gesto tan feroz que casi la asustó.

—Me encargaré de tu padre en otro momento.

—No tienes por qué defenderme.

—Lo haré de todas formas, pero ahora puedes elegir, Amira. ¿Lo harás?

Ella no sabía nada de aquel hombre salvo que le había dado una noche de increíble placer, pero era la única persona que podía ayudarla.

–¿Qué alternativa me ofreces, Adir?

–¿Quieres casarte con él?

–No.

–Entonces, ven conmigo.

–¿Ahora mismo?

–Ahora mismo.

–No sé cómo decirte… –Amira se rio, pero era un sonido trémulo, sin alegría–. Por una vez, no sé qué decir. Aunque sé por qué no puedo. Ya sabes que mi cerebro…

Él apretó su mano y, de repente, experimentó una sensación de seguridad, alegría y placer. No le ofrecía ninguna garantía, no le hacía ninguna promesa. Y, sin embargo, confiaba en aquel arrogante desconocido más que en ninguna otra persona.

Lo único que quería era dejar atrás aquel palacio y al príncipe que la esperaba. Dejar atrás una vida de mentiras. Lo que la esperase en el futuro, y si aquel hombre estaría involucrado, lo sabría más adelante.

–Me iré contigo, Adir.

Esbozando una sonrisa de satisfacción, él señaló el vestido.

–Quítatelo.

–Galila y la doncella volverán enseguida…

–No puedes venir conmigo llevando algo que pertenece al príncipe Zufar. Debes dejar todo atrás, Amira. Toda tu vida, ¿lo entiendes?

–Lo entiendo, pero…

Adir sacudió la cabeza y ella se dio cuenta de que no iba a convencerlo. Pero no podía cambiarse delante de él porque no estaba preparada para mantener esa conversación. Aún no. Además, Galila y la doncella volverían en cualquier momento.

—Me pondré otro vestido —murmuró—. Pero tienes que bajar la cremallera.

Conteniendo el aliento, Amira se dio la vuelta. El sonido de la cremallera en el silencio de la habitación y el cálido roce de sus dedos le produjo un estremecimiento.

¿Qué estaba haciendo? Zufar la esperaba en el salón donde tendría lugar la boda…

¡No! No podía tener dudas.

Se colocó detrás del biombo que había pedido para que nadie supiera que estaba embarazada y, con dedos temblorosos, se retiró el vestido de novia. En cuanto se quitó la pesada prenda sintió que respiraba mejor.

Era el primer paso para tomar el control de su vida y sentía como si hubiera salido de una jaula invisible que la había ahogado durante años.

A toda prisa, se puso un sencillo vestido de seda y salió de detrás del biombo.

—Tengo un todoterreno esperando en el patio —dijo Adir, tomándola en brazos como si fuera una pluma.

Estaba a punto de saltar por la ventana cuando Galila y la doncella volvieron a la habitación.

—¿Qué estás haciendo? ¿Dónde vas…? ¡Adir! —exclamó entonces su amiga—. ¿Qué haces aquí? ¡En la habitación de Amira!

Ella miró de uno a otro, desconcertada.

Galila conocía a Adir. ¿Cómo? ¿Quién era?

Adir se volvió hacia la princesa con una sonrisa en los labios y un brillo helado en los ojos que le provocó un escalofrío.

—Dile a tu hermano que no solo he seducido a su preciosa novia, sino que huye conmigo por voluntad propia. Dile que le he robado a su futura reina como él me ha robado mis derechos.

Y antes de que Amira pudiese entender lo que estaba pasando, Adir saltó por la ventana.

¿La había seducido para humillar al príncipe Zufar?

La noche que había pasado con él se convertía en algo retorcido, distorsionado. Un sollozo de protesta escapó de su garganta mientras Adir corría por el patio, cargando con ella como si no pesara nada. El calor del sol era insoportable y el miedo de que los descubriesen la ahogaba. Tenía la boca seca y el corazón tan acelerado que apenas podía respirar.

Quería hablar, pero no le respondía la garganta. Entonces empezó a ver puntitos rojos y… perdió el conocimiento.

Capítulo 4

ADIR, con el ceño fruncido, miraba a Amira mientras maniobraba con el todoterreno por un camino de tierra que poco a poco se adentraba en el desierto.

Seguía inconsciente, alarmantemente pálida. Sus pestañas, largas y espesas, hacían sombra sobre los altos pómulos, como las alas de un halcón surcando el cielo.

Inocente y sofisticada, refinada y sensual, era un trofeo digno de un rey y él se la había robado al príncipe. Ahora, Zufar tendría que enfrentarse al mundo y a su gente sin una esposa, humillado.

Imaginarse la iracunda expresión del rostro de su hermanastro lo hizo sonreír.

Pero ¿por qué no se despertaba Amira?

Preocupado, ascendió con el todoterreno por una gigantesca duna desde la que podía ver el desierto y la frontera con su región.

Khalia, las promesas de la reina Namani, la arrogancia de Zufar, el desasosiego que sentía cada vez que se acercaba a sus hermanos. Todo eso había quedado atrás.

Allí, él era el gobernante.

Allí, él era dueño y señor de la amante más dura de todas, el desierto. Allí se había forjado una identidad alejada de los secretos que rodeaban su nacimiento.

Aunque había vivido allí treinta y un años, la áspera belleza del desierto siempre lo dejaba sin aliento. Kilómetros y kilómetros de ondulantes dunas en todas direcciones y, en medio de ese escenario, su propio campamento. Un oasis en medio de un desolado paisaje.

Allí estaba su destino, entre su gente.

Los guardias armados, entrenados para no mostrar curiosidad, evitaban mirarlo mientras apagaba el motor del todoterreno, pero su preocupación se había convertido en ansiedad cuando tomó a Amira en brazos y la llevó a su tienda, donde había agua, fruta y todo lo que pudiera necesitar para recuperarse.

La dejó sobre un diván cubierto de almohadones de colores y se sentó a su lado, esperando hasta que empezó a recobrar el conocimiento.

La intensidad de unos ojos tan oscuros que eran casi negros lo dejó clavado al asiento. En esos preciosos ojos vio un brillo de reconocimiento y alegría incandescente. Era una emoción tan pura, tan radiante, que dejó una marca en su alma. Pero, cuando iba a abrazarla, el brillo desapareció como un espejismo bajo el duro sol del desierto.

De repente, había recelo y miedo en esos ojos.

Amira se apartó de él y Adir se quedó helado, con el corazón golpeándole las costillas. Porque había sentido algo cuando rozó su vientre con la mano.

Un ligero abultamiento donde antes había sido plana. Lo sabía porque la había besado ahí, porque había lamido su vientre…

¿Estaba embarazada? ¿Estaba Amira esperando un hijo suyo?

Sus nudillos se volvieron blancos de rabia, miedo y tantas otras emociones mezcladas.

¿Y si no hubiera ido al palacio esa mañana? Si no

se hubiera dejado llevar por el primitivo impulso de recuperarla, un impulso contrario a la razón, algo sin precedentes para él, Zufar se habría casado con ella.

Su hijo habría sido hijo de Zufar. Perdido para siempre.

—Amira…

—¡No!

En sus ojos había un brillo de pánico. Parecía una gacela asustada al ver a un predador.

Y él era el predador al que tanto temía.

Adir levantó las manos para demostrarle que no tenía intención de hacerle daño, pero ella seguía jadeando, asustada.

—No puedo… respirar —musitó, llevándose una mano al cuello.

Adir sacó la daga que llevaba siempre sujeta a la cadera y, con precisos movimientos, cortó el corpiño del vestido desde el cuello hasta el ombligo.

Siempre había pensado que era un hombre de su época, capaz de combinar las tradiciones y la modernidad para mejorar la vida de su gente. Y, sin embargo, mientras rasgaba el vestido se sentía como uno de sus ancestros, los guerreros que conquistaban ciudades y reclamaban botines y tesoros.

Y tenía un tesoro entre las manos en ese momento.

—No, espera… —le suplicó ella, asustada.

Adir no esperó. Sujetando la daga entre los dientes, tomó los bordes del vestido y lo rasgó.

Luego, despacio, volvió a guardar la daga en la vaina y solo entonces se permitió mirarla.

El pelo largo, lustroso, caía a cada lado de su cara, enmarcando un precioso rostro ovalado. Y una ridícula cosa de gasa transparente la cubría desde el cuello hasta los muslos.

Adir se quedó sin respiración.

Durante cuatro meses había soñado con ella.

No había nada bajo la gasa transparente, nada más que su carne. Una carne que él había tocado, besado y acariciado, pero que solo había visto a la luz de la luna.

Cada vez que respiraba el aroma del jazmín nocturno se acordaba de ella. De sus suaves curvas, de sus gemidos, de su piel como la seda. De su tensa carne envolviéndolo completamente. De la intimidad y el indescriptible placer que habían compartido.

Ahora podía ver todo lo que había disfrutado esa noche solo con el tacto. Y nada de lo que se había imaginado podía igualar la belleza que era Amira Ghalib.

Los oscuros pezones marcándose bajo la gasa, los pechos altos, generosos, que anhelaba acariciar de nuevo, la estrecha cintura, la curva de sus caderas, el triángulo de rizos entre sus muslos y… el evidente abultamiento de su vientre.

¡*Ya Allah*, estaba embarazada!

Dejando escapar un gemido de horror, ella intentó cubrirse, pero Adir ya lo había visto.

Un rugido escapó de su garganta.

Si hubiera llegado unos minutos más tarde al palacio, Amira habría estado atada a Zufar de modo irrevocable, para siempre fuera de su alcance. Su hijo fuera de su alcance.

Otro bastardo al que se le negaba su verdadero parentesco.

—¿Estás embarazada, Amira? —le preguntó.

—¿Me sedujiste para humillar a Zufar?

—Quiero saber…

Recostada sobre el brillante caleidoscopio de almohadones, tenía un aspecto imposiblemente encantador, dulce e inocente. Pero también decidido.

–Responde a mi pregunta antes.

–Sí –declaró Adir, mientras su corazón latía como un tambor tribal dentro de su pecho.

–¿Por qué?

Adir intentó sofocar el sentimiento de culpabilidad. Amira había ido con él de modo voluntario. Que sus actos estuviesen motivados por otra razón no debería importarle.

–Supongo que oíste lo que le dije a la princesa Galila.

Amira frunció el ceño.

–¿Por qué fuiste a buscarme, Adir? No nos habíamos hecho ninguna promesa. Han pasado cuatro meses desde esa noche y, de repente, apareces el día de mi boda, una hora antes de que empezase la ceremonia.

–No he dejado de pensar en ti, en esa noche mágica. Y sabía que estabas atrapada en una situación que no deseabas.

Amira había levantado un muro entre los dos, apartándolo. Rechazando a la mujer que había sido esa noche.

–¿Has aparecido para hacerte el héroe? –le preguntó, sarcástica.

La dulce y confiada Amira había desaparecido y, en su lugar, había una mujer que lo miraba con desconfianza…

Daba igual, se dijo a sí mismo. Estaba hecho. Si iba a quedarse en su vida de forma permanente, Amira debía entender que el Adir al que había conocido esa noche era solo una ilusión que había creado para complacerla.

–No, lo he hecho para ofrecerte una vía de escape. Y para volver a dejarme llevar por la pasión que hay entre nosotros, si sigues interesada.

–¿Has decidido convertirme en tu amante? –le espetó ella.

El color había vuelto a sus mejillas y Adir disimuló un suspiro de alivio.

–Tal vez, no lo sé –respondió, encogiéndose de hombros–. Debido a mi posición, no es fácil para mí tener amantes, pero te deseaba y sabía que tú querías escapar, así que era una cuestión de encontrar el momento apropiado. Tenía un hombre vigilando el palacio durante los días previos a la boda. Él iba dándome noticias.

–¿Esperaste a propósito? –le espetó ella, con un brillo de ira en los ojos–. ¿Como si mi vida fuese una partida de ajedrez? ¿Como si yo fuese un mero peón con el que tú juegas a tu gusto?

–Estoy acostumbrado a hacer estrategias. Mi libido podía esperar y tú también si de ese modo obtenía el resultado que esperaba.

–¿Qué resultado?

–Si te llevaba conmigo el día de la boda, delante de la familia real de Khalia y de los distinguidos invitados, la humillación de Zufar sería completa y mi venganza más dulce.

Amira tragó saliva.

–¿Por qué odias tanto a Zufar?

–Porque me niega algo que es mío por derecho.

–Y esa noche, cuando… –un traicionero rubor cubrió sus mejillas, pero siguió adelante valientemente y Adir tuvo que admirar su compostura– cuando me invitaste a estar contigo… ¿te acostaste conmigo a propósito para hacerle daño a Zufar?

A pesar de haber sido educada para soportar cualquier cosa como la futura reina de Khalia, seguía siendo ingenua e inexperta. Y, aunque intentaba ocultarlo, se sentía inmensamente dolida.

Pero él no tenía intención de suavizar la verdad. Nada, ni su expresión dolida ni su hermoso cuerpo, cambiaría quién era o lo que lo había empujado esa noche a seducirla.

Era un solitario. Primero por culpa del destino, más tarde por sus propios designios. Las cartas de su madre le habían enseñado que debía apartarse de todos si quería triunfar en la vida.

Si no hubiese sido por ella, habría sido otro cabrero o un tejedor de alfombras. Pero teniendo sus palabras como preceptos, manteniéndose alejado de los demás, no dejando que las emociones gobernasen su vida, había superado su precaria situación y había logrado algo que ni siquiera su madre se hubiera imaginado.

De no haber sido por las palabras de la reina, se habría conformado con ser un hombre sencillo, pero sus cartas lo habían animado a luchar hasta convertirse en un líder.

Era el jeque de dos tribus beduinas y un empresario con intereses en multitud de corporaciones, pero no tenía amigos íntimos ni familia. Ninguna mujer en su vida, solo consejeros y gente que estaba a sus órdenes.

Solo dependía de sí mismo y no dejaba que las emociones dirigiesen su vida, salvo las que lo empujaban a buscar lo mejor para su gente.

Como debía hacer un buen gobernante.

Solo conocía dos cosas en la vida: el deber hacia su gente y el control de su propio destino. Y, si Amira necesitaba que respondiese a alguna pregunta sobre su pasado para poder planear el futuro ahora que estaba inevitablemente atada a él, respondería con gusto.

—¿Estaba esperando que la prometida de Zufar cayese en mis brazos? —Adir esbozó una sonrisa—. No, claro que no. No sabía quién eras hasta que tú me lo dijiste. ¿Disfruté al robarle algo suyo, como él me ha robado a mí? ¿Estoy ahora con su prometida, imaginándome su humillación, disfrutando de mi venganza? Desde luego que sí.

Ella se recostó en la pared, como si quisiera hundirse en ella y desaparecer, sujetando con una mano los bordes del vestido rasgado.

Adir tuvo que apretar los puños para no tocarla. Quería apartar sus dedos de esa gasa y verla desnuda de nuevo. Necesitaba rasgar la gasa de su cuerpo con los dientes y enterrarse en ella. Deseaba sentir el calor de esos brazos alrededor de su cuerpo sudoroso, oírla pronunciar su nombre de nuevo. Implorando, suplicando, necesitándolo.

Podría desterrar sus miedos con besos y caricias, pero había saboreado su rendición una vez y no quería otra cosa.

—¿Eso responde a tus preguntas, Amira?

Ella se mordió el labio inferior y el gesto envió un rayo de pura sensación a su entrepierna.

—Sí, gracias.

—Entonces tal vez tú puedas responder a las mías.

Amira tenía los ojos empañados, los hombros caídos en un gesto de derrota, pero tomó aire y se pasó una mano por el pelo, como si haciendo eso pudiese recuperar la calma.

Adir perdió el control al verla tan vulnerable. Sin

pensar, la abrazó. Amira había sufrido una fuerte impresión, pero cuando se recuperase reconocería que había ido con él por decisión propia.

Él disiparía sus dudas, el miedo que debía de haber sentido viviendo esos cuatro meses con su violento padre, sabiendo que estaba embarazada y que no podría ocultarlo durante mucho tiempo.

Sus motivos no cambiaban la realidad: que ella lo había elegido esa noche y aquel día, que le había dado la espalda a Zufar. Esa era la verdadera victoria, que Zufar había tenido a aquella mujer y la había perdido. Que él, Adir al-Zabah, iba a ser su marido. Lo reconocería y volvería a mirarlo con…

Dejando escapar un gemido, ella se apartó con tal violencia que su mano chocó con la mesa de los refrescos.

—No te apartes de mí, *habiba*.

Ella se incorporó con la gracia de una reina.

—No me toques.

Ver las silenciosas lágrimas que rodaban por sus mejillas lo dejó desolado. No podía soportar que la tocase.

—Tienes que calmarte. No es bueno ni para ti ni para el bebé. Vas a ponerte enferma…

—Prefiero ponerme enferma antes que soportar que me toques —susurró ella, casi como para sí misma.

Ese rechazo fue como un puñetazo en el plexo solar. Adir dio un paso adelante, intentando mantener el control.

—¿Quieres que te ponga a prueba, *habibati*?

—Es una prueba que yo perdería y tú ganarías porque el instinto despierta la parte animal de mi cerebro y te reconoce como un macho agresivo, el mejor para la procreación. Y tampoco ayuda que, ahora mismo,

otras hormonas me hagan particularmente suscepti-
ble.

—Así que si te tocase, si te quitase el vestido y besase
tus pechos, si lamiese el satén de tu vientre hasta el tesoro escondido entre tus piernas, tú no me apartarías.

—No podría hacerlo, pero después del orgasmo te
odiaría. Incluso más de lo que te odio ahora.

«Te odiaría más de lo que te odio ahora».

Durante cuatro meses había soñado con acariciar
esas suaves curvas, con la invitadora cuna entre sus
muslos. Se había derramado una y otra vez en su propia mano al recordar sus suaves gemidos cuando llegó
al orgasmo.

Lo único que quería era reclamarla, hacerla suya el
día que debería haber sido de su hermanastro para
sellar su victoria.

Y, sin embargo, el brillo helado de sus ojos fue
suficiente para extinguir el deseo.

Él era un hombre que se enorgullecía de su auto-
control. Aquel deseo por una mujer, una cría, no era
nada. Debería tenerla de nuevo, una y otra vez, tantas
veces como quisiera hasta que su deseo estuviera satisfecho, pero no sería como un adolescente mirando
a una mujer desnuda por primera vez.

No la tocaría hasta que fuese a él voluntariamente.
Hasta que aprendiese cuál era el sitio que iba a ocupar
en su vida.

Cuando vio sus ojos llenos de miedo, cuando vio
que Amira se apartaba como si le disgustase, decidió que
ya estaba bien.

—Estás esperando un hijo mío.

Ella apretó los puños hasta que sus nudillos se volvieron blancos, mirándolo con una irresistible mezcla
de inocencia y determinación.

–¿Estás seguro de que es tuyo? ¿Y si hubiera robado otras cien noches con cien desconocidos después de ti? ¿Y si hubiera habido un desfile de hombres en mi vida y en mi cuerpo desde esa noche? ¿Y si lo que compartimos fue tan placentero que no podía esperar…?

Adir la abrazó. Las imágenes que pintaba eran insoportables. Amira era suya, solo suya.

–No ensucies lo que hubo entre nosotros.

Dos silenciosas lágrimas rodaron por sus mejillas. Parecía tan dolorosamente inocente mientras las apartaba con el dorso de la mano…

–Eso lo has hecho tú, no yo.

–Ese hijo es mío –dijo Adir con voz ligeramente trémula–. Si hubiera llegado una hora después, si te hubieras convertido en la esposa de Zufar, ese hijo, mi hijo, habría sido…

–Da igual quién sea el padre, da igual cuál fuese la situación, jamás lo hubiese abandonado. Nunca. Solo necesitaba una salida –Amira sacudió la cabeza–. No quiero volver a hablar del pasado, sino mirar hacia delante, hacia el futuro.

Él vio la verdad en el brillo de sus ojos. A pesar de su ingenuidad, estaba seguro de que sería una buena madre.

–Eso es lo más importante, estamos de acuerdo.

–Entonces, permite que me vaya.

–Nos casaremos en cuanto pueda arreglarse.

Los dos habían hablado al mismo tiempo y sus ojos chocaron en el silencio de la tienda.

–No –dijo Adir. Era hora de dejar las cosas claras.

Antes de que pudiese tocarla de nuevo, Amira se apartó para abrazarse a sí misma. Él esperó, impaciente, sintiendo como si estuvieran en el umbral de algo.

Pero cuando levantó los ojos y vio la expresión de Amira sintió como si estuviera cayendo en un abismo. Lo que hubo entre ellos, ese algo intangible, se había perdido para siempre.

Ella lo miraba como si fuese un extraño, un monstruo.

–¿Qué ocurre?

–¿Hace un minuto estabas planeando tenerme como amante temporal y ahora me ordenas que me case contigo? No quería casarme con Zufar y, desde luego, no quiero casarme contigo.

–No tenemos elección. Como tú has dicho, los actos tienen consecuencias. Mi hijo no será un bastardo y no quiero una esposa que me mire como si no me conociese…

–Y yo no quiero un marido que miente, que es igual que los hombres arrogantes y dominantes que me han rodeado toda la vida, pero lo oculta bajo una capa de amabilidad y encanto.

–Soy el mismo hombre, Amira –dijo él.

Si su gente lo viese en ese momento, el poderoso jeque ofreciendo una rama de olivo a una cría inexperta cuando su destino estaba en sus manos.

–El hombre que pensé que eras esa noche solo existe en mi imaginación. Dándome órdenes o amenazándome no conseguirás nada –a Amira se le quebró la voz y tuvo que apartar la mirada–. Llevo toda mi vida soportando a hombres que me dan órdenes y me dicen lo que debo hacer…

–No me compares con tu padre, yo soy un hombre de honor. La gente busca mi consejo, mi guía. Y por última vez, mi hijo no será un bastardo.

Amira lo miró, asustada, mientras intentaba formular la pregunta que debería haberle hecho esa noche.

Había hablado de la reina Namani como si la conociera personalmente. Del príncipe Zufar negándole algo que era suyo, de honor, de su posición…

Dios santo, ¿qué había hecho? ¿Quién era aquel hombre?

—¿Quién eres? Por favor, dime la verdad.

—Esa noche no te mentí. Querías una noche de fantasía y te la di.

Había sido tan ingenua, tan estúpida… Aunque su padre la había preparado para la realidad de la vida desde que era niña, seguía haciendo castillos en el aire. Había creído que el cuento de hadas podía ser real, aunque solo fuera una noche.

—Y ahora tengo que pagar por esa noche de fantasía, ¿no? Mi padre tenía razón, nada es gratis en este mundo. Así que dime, ¿quién eres?

—Soy Adir al-Zabah, el jeque de Dawab y las tribus Peshani. Poseo tres empresas de información tecnológica, tengo un título en Derecho y estoy especializado en política internacional y derechos de propiedad privada. Me han dicho muchas veces que poseo un rostro pasablemente atractivo y tú estás esperando un hijo mío. Te protegeré y vivirás rodeada de lujos. No te faltará nada y me cortaría una mano antes de levantártela. ¿Sellamos el trato, Amira?

Ella sentía como si el mundo se hubiera hundido bajo sus pies mientras miraba en silencio al arrogante desconocido que estaba organizando su vida sin contar con ella.

Adir al-Zabah, por supuesto, el renombrado jeque de Dawab y las tribus Peshani. Su reputación era legendaria entre los miembros de las casas reales de Khalia y Zyria porque había logrado unir a las tribus beduinas de la región, terminando con las guerras y cerrando la brecha entre las tradiciones y el progreso.

Poderoso, arrogante, educado y conocedor de las volátiles intrigas políticas de la región, había creado empresas tecnológicas en las ciudades que bordeaban las tierras de su gente. Al principio, los críticos se habían reído, pero en tres años había dado a las tribus una nueva forma de vida.

Además, había ganado una disputa en los tribunales sobre los derechos de las tierras que ocupaban y había unido a Dawab y las tribus Peshani, terminando con las incesantes guerras.

A los treinta y un años, era un líder admirado y un empresario progresista que había inaugurado una nueva época para las tribus beduinas, encargándose no solo de su supervivencia, sino de que prosperasen económicamente.

Amira había pensado que eran almas gemelas buscando una conexión en sus solitarias y perdidas vidas, pero Adir no estaba más perdido que un león en la jungla. No era menos despiadado que su padre o el príncipe Zufar y, como ellos, se había aprovechado de su ingenuidad y su inexperiencia.

Y no tenía en común con él más de lo que tenía con Zufar. Era otro hombre que quería controlarla y que no tenía el menor interés en sus sueños o sus deseos.

—No me casaré contigo.

Adir apretó los dientes, furioso. Evidentemente, no estaba acostumbrado a que le negasen nada.

—Es hora de que olvides tus inocentes sueños, Amira. Debes enfrentarte a la realidad.

—La realidad que tú quieres, no la que quiero yo.

Había pensado que se pondría furioso, pero no fue así. Se quedó mirándola en silencio durante tanto tiempo que se preguntó si podría oír los latidos de su corazón en el silencio de la tienda.

Y entonces sonrió. Era la sonrisa de un predador, de un hombre que siempre conseguía lo que quería. El hombre que la había seducido para humillar a su prometido.

—Pensé que serías feliz de librarte de tu jaula. Libre de las expectativas y las cargas que te habían impuesto. Libre de la indiferencia de Zufar y de la brutalidad de tu padre. Este es el resultado de tu propia elección, así que tendrás que vivir con ello.

—No, tú…

—¡Ya está bien! –la interrumpió Adir.

Su rebelión era insidiosa. Estaba en el brillo de desafío de sus ojos, en su gesto altivo. Era intolerable, pero debía admitir que no se sentía a gusto consigo mismo. Experimentaba una sensación de… algo que no podía reconocer.

—¿Vas a actuar como si te hubiese forzado? Tú no mostraste lealtad alguna hacia Zufar cuando te acostaste conmigo. Estabas desesperada por…

—¿Vas a abochornarme por lo que te entregué honestamente? –lo interrumpió ella, airada–. Te entregué mi cuerpo, Adir. ¿Crees que lo hice solo porque quería escapar…?

—Tú me utilizaste y yo te utilicé a ti –la interrumpió él a su vez, aun sabiendo que ella, inexperta, nunca lo vería así. Aunque su padre la había educado para ser una reina, para que conociese las intrigas políticas, Amira no era una persona maliciosa. Pero tenía que aprender rápido si quería sobrevivir a la vida con él–. ¿No era también por tu parte una venganza contra tu padre por su crueldad y contra Zufar por su indiferencia?

–¡No te atrevas a decirme por qué lo hice! –exclamó ella con tono firme, mirándolo como una tigresa–. Tú tenías motivos ocultos, yo no. Yo me sentía atraída por ti. Algo en ti hizo que me sintiera como una mujer, que me sintiera libre por primera vez en mi vida. Yo elegí dejar que me besaras, sí, yo elegí dejar que me dieses placer. Yo elegí entregarme a ti una noche. Durante toda mi vida los demás han tomado decisiones por mí, pero esa noche elegí yo y ninguna acusación, ninguna humillación podrá quitarme eso. Fue mi decisión estar contigo.

–Entonces, es hora de que los dos vivamos con las consecuencias de esa decisión.

Amira cerró los ojos, angustiada. En realidad, la indiferencia de Zufar había sido inofensiva. Su padre había querido convertirla en reina y, aunque lo odiaba, Amira había usado eso para su propia ventaja.

Había utilizado su boda con el príncipe Zufar como un arma para hacer realidad su sueño de estudiar Enfermería y había soportado las coacciones de su padre sin permitir que quebrantasen su carácter.

Lo que Adir le había hecho, lo que le había robado… le había entregado su virginidad encantada y no lo lamentaba, pero había cometido un error.

Lo había dejado entrar en su corazón.

Tras la muerte de su madre nunca se había sentido querida y había pensado que Adir podría amarla.

Pero no era verdad.

Amira se dejó caer sobre el diván cuando Adir salió de la tienda sin decir una palabra más. Se le llenaron los ojos de lágrimas y, por primera vez desde que supo que estaba embarazada, no era capaz de detenerlas.

Debería pensar en su hijo, en su futuro, reflexionó.

Y, por su hijo, se casaría con Adir. Pero nunca volvería a confiar en él, nunca volvería a ser tan ingenua.

Adir sería su marido, el padre de su hijo, el dueño de su cuerpo, pero nunca de su corazón.

Porque no era nada para él.

Capítulo 5

CÓMO TE encuentras?

Amira se incorporó en la cama para mirar a Adir con el ceño fruncido.

Era un hombre poderoso, acostumbrado a conseguir lo que quería. Pero ella había vivido toda su vida tratando con tales hombres y, de una forma o de otra, siempre había conseguido salirse con la suya. Y volvería a hacerlo.

Era libre y eso era maravilloso.

Había vivido bajo el control y los constantes desprecios de su padre, de modo que la arrogancia de Adir no la afectaba. Ella sabía que en todas las relaciones había un intercambio de poder y, aunque siempre había estado en desventaja, hasta ahora había tenido algo con lo que negociar.

Y necesitaba desesperadamente encontrar una forma de negociar con Adir.

—¿Amira?

La había dejado sola durante tres días para que se acostumbrase a estar allí. Aunque, en realidad, nunca había estado sola porque siempre había alguna mujer a su lado. Primero para cuidar de su salud, le habían dicho. Luego la encantadora Zara para hacerle compañía y, por fin, una anciana, Humera.

Amira reprimió la amarga respuesta que tenía en la punta de la lengua.

–He hecho las paces con mi destino. Y no me pasa nada, estoy bien, pero sigues sin gustarme –le espetó.

–Mírame cuando te hablo.

Dejando escapar un suspiro, ella levantó la cabeza.

–Sí, Majestad.

Los ojos de color ámbar se clavaron en ella con un brillo posesivo. Llevaba una simple túnica blanca y la cabeza cubierta con un turbante para evitar el calor del desierto. Su rostro brillaba como el oro por el sol de la mañana, su potente masculinidad había tomado el mando.

Después de pasar tres días y dos noches en blanco en la lujosa tienda, con mujeres haciendo reverencias y atendiéndola como si fuese una reina, seguía sin entender la realidad de la situación.

Hasta ese momento.

Al ver su arrogante expresión, su aire de autoridad, cómo parecía ocupar toda la tienda con esa formidable presencia, no se podía creer que se hubiera atrevido a besarlo, a pedir que le hiciese el amor, que lo hubiese visto perder el control de sí mismo.

Su deseo no había sido fingido, de eso estaba segura.

¿Seguiría deseándola o era solo el botín de guerra, un conveniente receptáculo para crear su propia dinastía?

–He pasado la mañana resolviendo ridículas disputas sobre cabras y ganado. No pongas a prueba mi paciencia, Amira.

–Pídele a uno de tus lacayos que haga una lista de cosas que puedo o no puedo hacer y me la aprenderé de memoria. ¿Qué esperas de mí?

–¿Aparte de lo más obvio?

Adir se acercó en dos zancadas para pasarle un dedo por la barbilla y, al ver que cerraba los ojos a pesar de sí misma, esbozó una sonrisa.

Porque a pesar del caos que había llevado a su vida, estaba seguro de que deseaba tenerlo en su cama.

Sin embargo, Amira se apartó de él.

—Las criadas empiezan a especular. No entienden qué hago aquí.

—Especulan porque aún no he anunciado que eres la futura jequesa.

Ella levantó la barbilla.

—Es lo último que quiero ser. De haber sabido quién eras, esa noche habría gritado para llamar a los guardias.

—Eso es mentira y tú lo sabes. Pero si hace que te sientas mejor…

¿Tendría razón? ¿Se habría sentido atraída por él aunque hubiera sabido quién era?

Se había quedado atónita cuando descubrió la verdad tres días antes y ahora se preguntaba si de verdad Adir la había deseado esa noche o lo único que le importaba era humillar a Zufar.

—Me fui contigo porque necesitaba escapar, pero ahora que ha pasado el día de la boda…

—Zufar no te aceptará, Amira. He recibido noticias.

Amira pensó que lo decía para avergonzarla, para recordarle que le había dado la espalda al príncipe Zufar y a la vida para la que estaba destinada y no había vuelta atrás.

¿Dónde estaba el hombre dulce y encantador cuyos ojos habían brillado de placer y emoción?

—¿Noticias del palacio? —le preguntó.

—Sí.

Hasta unas horas antes había habido un batallón de

guardias en la puerta, pero ahora solo había un escolta. Había estado custodiándola, pensó. Creía que Zufar iría a buscarla y no quería arriesgarse a que volviese con él a Khalia.

¿Qué significaba eso? ¿De verdad la deseaba o seguía siendo solo un trofeo que le había robado a Zufar?

—¿Sabes algo de mi padre? —le preguntó, sabiendo que debía de odiarla por lo que había hecho, por lo que le había costado.

—Parece que tu padre ha decidido lavarse las manos —respondió él.

Había cierta ternura en su tono, pero Amira no dejó que la conmoviese. La compasión no podía sustituir al respeto o el afecto.

—¿Y el príncipe Zufar…?

—Te ha reemplazado con una criada. El hombre para quien yo soy una sucia mancha en la familia, el futuro rey de Khalia, se ha casado con una doncella del palacio.

¿Zufar se había visto forzado a casarse para salvar la cara? ¿Por qué? ¿Qué estaba pasando en Khalia?

Amira tuvo que recostarse en el diván cuando se le doblaron las rodillas. Se había preparado durante tanto tiempo para ser la reina de Khalia… su destino había estado unido al de Zufar desde que era una adolescente.

Por supuesto, sabía que su desaparición tendría repercusiones, pero al menos Adir había dejado claro que se había ido por voluntad propia.

Su conexión con Khalia se había roto en el momento en que decidió saltar por esa ventana, en el momento en que conoció a Adir, y era como si le hubiesen quitado un peso de los hombros.

Pero cuando los ojos de color ámbar se clavaron en los suyos el alivio desapareció.

Con los brazos cayendo a los costados y las largas piernas separadas, Adir era el formidable rey del desierto.

–¿Lamentas haberte escapado conmigo? ¿Haber renunciado a tu vida como reina de Khalia?

Durante tres días había contemplado esa pregunta y la respuesta era clara: no, no lo lamentaba.

Se había quitado la venda de los ojos con respecto a Adir, pero no lamentaba haberse ido con él. Y no podía lamentar esa noche. Tal vez era tan tonta como decía su padre.

–Que el príncipe me haya reemplazado no es una sorpresa. De hecho, me alegro. Su indiferencia no se merecía esta humillación –Amira suspiró–. Yo te he ayudado a hacerle daño.

–Es un poco tarde para mostrar tu lealtad por él.

–¿Qué estás diciendo?

–Que me elegiste a mí, no a él.

Adir se sentó a su lado y empezó a pelar una manzana. Cuando le ofreció un trozo, ella negó con la cabeza.

–¿No te has jactado de eso más que suficiente?

Amira puso los ojos en blanco, pero él se limitó a sonreír mientras rozaba sus labios con el trozo de manzana. Y, en esa sonrisa, ella pudo ver su perdición.

Como hipnotizada, abrió la boca y él deslizó el trozo de manzana entre sus labios, rozándola con las yemas de los dedos. Sin pensar, sin saber bien lo que hacía, Amira lamió sus dedos y el calor de su piel provocó un relámpago líquido entre sus muslos. En el sitio que él había tocado esa noche, el sitio que latía en ese momento.

Temblando de deseo, clavó los dientes en uno de sus dedos y lo vio tomar aire cuando metió la punta en su boca. Sus ojos se oscurecieron y, cuando empezó a chuparlo, un gemido gutural escapó de su garganta, el mismo gemido ronco que había exhalado cuando se dejó ir dentro de ella esa noche.

Amira se apartó con el corazón acelerado y la respiración agitada. Sin saber qué hacer, se acercó a una ventana de la tienda para mirar el desfiladero y el valle.

—¿Ves lo que pasa cuando estoy cerca de ti? Olvidas todas tus objeciones y me miras como si necesitases mis caricias.

Lo decía como si no tuviera importancia, como si no hubieran estado a punto de arrancarse la ropa. Mientras ella seguía temblando de deseo.

Por supuesto, Galila y ella habían hablado de sexo, sin mencionar a su hermano, claro, porque eso les daba náuseas, y cómo la libido de una mujer podía ser tan fuerte como la de un hombre. Pero todo era en teoría y Amira jamás había pensado que el deseo pudiese abrumarla algún día.

—La atracción que hay entre nosotros es un... incentivo —dijo él entonces, pensativo.

—¿Un incentivo?

—Me gusta el sexo, y me gusta mucho, pero pienso ser fiel a mi esposa. Por lo que recuerdo de esa noche, y por la chispa que hay en el aire cada vez que estamos juntos, tú sientes una gran curiosidad. Las cosas que podría enseñarte, las cosas que podríamos hacer juntos... la química que compartimos duraría una vida entera. Suficiente para mantenerme interesado.

Ella lo miró, incrédula.

—¿Qué estás diciendo?

–Que nuestro matrimonio podría ser más que satis-
factorio. Zara y Nusrat no dejan de alabarte e incluso
Humera está impresionada. Y ella jamás ha aprobado
a una sola mujer.

–¿Humera es la anciana comadrona que vino a
verme?

–Sí. Yo le pedí que viniese a verte.

–¿Por qué?

–Porque estabas pálida y enferma –respondió él,
mirándola con un brillo de preocupación en los ojos.

–No me gusta que me vean como a una víctima.
Hiciera lo que hiciera mi padre, nunca dejé que cambiase mi forma de ser y tampoco debería cambiar
cómo me ves tú.

Él asintió con la cabeza.

–No creo que nadie te vea como una víctima,
Amira. Eres una mujer de carácter y quiero que entres
en este matrimonio con alegría, pero esgrimes tu silencio como un arma, tu dolor como un escudo. No es
bueno ser tan vulnerable.

Allí estaba el hombre que la entendía de verdad, el
hombre al que había conocido esa noche, y Amira se
agarró a eso por temor a que desapareciese.

–Pensé que eras igual que Zufar y mi padre, pero
estaba equivocada –le dijo, acercándose al diván.

–¿Por qué?

–A Zufar le daba igual que yo fuese feliz o no.
Mientras cumpliese con mi deber y no provocase ningún escándalo, podía hacer lo que quisiera. Y mi padre solo quería la posición social que alcanzaría
siendo el padre de una reina. Le daba igual que yo
sufriese, pero a ti te importa que sea feliz. Admítelo,
Adir, te sientes culpable por haberme engañado. Ad-
mite que sentiste algo esa noche.

—Estás decidida a verme como un caballero andante, pero no lo soy.

—Y tú estás decidido a matar lo que sientes por mí.

—Ya está bien, Amira. No me gusta que seas tan sensible.

—¿Qué?

—Es una debilidad. Una jequesa ingenua y confiada es un peligro. Muchos intentarán aprovecharse de tu buena voluntad y la utilizarán contra ti. Para ser una mujer que ha sido criada por una bestia de padre, una mujer educada para ser reina, eres demasiado inocente. Ese es el único problema que veo.

A Amira se le encogió el corazón.

—¿El único problema para qué?

—Para casarme contigo.

—Entonces, no te cases conmigo. Podrás ver a nuestro hijo, yo no pondré ningún impedimento. Estoy segura de que no te faltarán mujeres dispuestas a casarse contigo. De hecho, me sorprende que un hombre tan poderoso y carismático como tú no tenga alguna amante escondida.

—Pensé que era de mal gusto mencionar pasadas relaciones.

—Eres tú quien no deja de recordar mi relación con Zufar —replicó ella—. He aceptado que eres un hombre de carne y hueso como el resto de los humanos y no un caballero andante. Así que dime, Adir, ¿con cuántas amantes tendré que lidiar?

Él apretó los dientes, mirándola con un brillo de ira en los ojos. Solo entonces se dio cuenta de lo desapasionado que había sido hasta ese momento.

—Te he dicho que pienso serte fiel y espero lo mismo de ti —dijo Adir por fin, levantándole la barbilla con un dedo—. No toleraré que me engañes.

Supuestamente, era una orden, pero había un brillo de vulnerabilidad en sus ojos. Aquello era importante para él. Aquello era personal.

Amira lo miró en silencio, buscando al hombre que le había hecho el amor en los jardines del palacio, preguntándose qué había debajo de esa capa de autoridad.

—¿De verdad crees que soy la clase de mujer que engañaría a su marido, que llevaría discordia y dolor a nuestras vidas?

—Pasaste una noche conmigo mientras estabas prometida con Zufar.

—¿Vas a usar eso contra mí? Por última vez, Zufar fue elegido para mí, yo no lo elegí. Ni siquiera me conocía. No tenía derechos sobre mis sentimientos.

—¿Y yo sí?

Ella asintió. Aunque no quería hacerlo.

—Una tontería por mi parte, pero así es. Incluso antes de saber que estaba embarazada. No creo que entiendas lo que esa noche significó para mí, Adir.

Él puso las manos sobre sus hombros, mirándola con expresión seria.

—Lo que quiero decir es que podrías enamorarte de otro hombre más adelante y justificar así una aventura. El amor hace débil a la gente, hace que hieran a otros sin pensar en las consecuencias. Es igual para hombres y mujeres.

—Lo dices como si tú mismo lo hubieras sufrido.

Él se encogió de hombros, apartando la mirada. Amira había creído que estaba a punto de entender qué lo hacía tan distante, tan cínico y solitario. Como si una brillante estrella estuviera a su alcance y la hubiera dejado escapar sin darse cuenta.

—Aunque tengo poca experiencia, yo creo que eso no es amor, sino egoísmo y narcisismo.

–Para ser alguien tan joven e inocente, tienes opiniones muy categóricas –murmuró él, acariciándole la mejilla.

–Porque sé que hay líneas que no se deben cruzar y cosas que no podría soportar. Y como tú insistes en esta boda, sería bueno que lo supieras.

–Tú no me engañarías, pero me clavarías un puñal en el corazón si yo lo hiciera.

Al parecer, después de todo la conocía bien. Amira se rio mientras se inclinaba para besar esos labios tan fascinantes, pero Adir permaneció inmóvil, como sorprendido por el gesto.

Y, como no quería que aquel momento incómodo se alargase, cambió de conversación.

–Bueno, ¿y tus amantes?

Él se aclaró la garganta.

–La gente del desierto es muy conservadora. Lo último que haría es importar una novia de la ciudad solo para satisfacer mis necesidades. Y tampoco podría mantener un romance con una mujer de las tribus porque eso sería un abuso de poder, así que mis relaciones son cortas y sencillas, sin complicaciones. Un hombre como yo no puede ser emocional en su vida privada.

Amira frunció el ceño. Con esa escueta explicación había revelado mucho sobre cómo se veía a sí mismo. Parecía creer que la soledad era necesaria para ser un buen gobernante. Como si las relaciones personales no fuesen más que una debilidad.

–¿Quieres decir que nunca has tenido una novia?

–No, nunca. Los ancianos del Consejo llevan años intentando animarme para que me case, pero hasta ahora no había conocido a la mujer adecuada. Una mujer a la que pudiese tolerar.

Cada palabra era como una tentadora trampa. Su corazón no debería acelerarse al pensar que ella era su esposa, al pensar en las noches en su cama, pero ese tonto músculo parecía enloquecido.

–¿Y yo soy una esposa aceptable? ¿Yo sí sería «tolerable»? ¿Esa es tu forma de cortejarme?

Adir se encogió de hombros.

–Te han educado para ser una reina. Eres preciosa, educada, sofisticada. Tu trabajo con organizaciones benéficas, incluso tu carrera, todo en ti es un factor positivo para un hombre en una posición de poder. Especialmente para mí.

–¿Por qué especialmente para ti?

–Porque yo estoy atrapado entre el progreso y las tradiciones y tú entiendes ambas cosas. Eres manipuladora, como yo, aunque tal vez más sutil. Eres una superviviente, Amira.

Adir pensaba que sería un «factor positivo». Como si fuese una pieza de equipamiento o un accesorio.

–Seré tu jequesa y tu amante. Seré una buena esposa –dijo Amira–. ¿Y qué vas a darme tú a cambio? Parece que todos los beneficios son para ti. ¿Qué saco yo de este matrimonio? ¿Por qué iba a intercambiar a un hombre cruel por otro, una prisión por otra? Dime por qué este matrimonio sería bueno para mí.

Él tomó su mano y depositó un suave beso en la delicada piel de su muñeca.

–Hay algo que no debería olvidar.

–¿Qué?

–Que aprendes muy rápido –respondió Adir.

«Abre más las piernas, Amira. Levanta las caderas cuando empuje, *habiba*».

Había sido un consumado profesor y ella una alumna entusiasta. ¿Podría ella enseñarle algunas cosas también? ¿Podría haber algo más en ese matrimonio?

Amor no, claro, los dos eran demasiado realistas, pero tal vez podría ser una unión satisfactoria.

–No has respondido a mi pregunta –le dijo, sin embargo.

Su firmeza lo hizo sonreír. Era una leona. De repente, pensar en Amira como su jequesa, en su cama cada noche, no era tanto un pesado deber, sino algo… muy placentero.

Sería un reto y tendría que ganarse todo lo que ella le diera. Pero, cuando se rindiese por fin, sería mucho más dulce. Tendría una auténtica compañera, una mujer con la que lo compartiría todo.

Por primera vez en su vida, tendría una verdadera relación.

–Te ofrezco respeto y deseo. Conmigo, serías libre de la sombra de tu padre para siempre. Conmigo, tendrías una posición y poder como jequesa. Podrías cambiar la vida de mucha gente. Conmigo tendrás tu sitio, Amira.

–¿Podré tomar mis propias decisiones?

–Siempre que sean razonables, por supuesto.

–¿Si tenemos una niña podrá estudiar, tener una carrera y no ser utilizada como moneda de cambio para conseguir algo?

Él enarcó una ceja, la viva imagen de la masculina arrogancia.

–¿Qué harás si prometo todo eso y luego no cumplo mi palabra?

–Si me das tu palabra, sé que la cumplirás.

Su sonrisa le dijo que estaba en lo cierto. Sí, la había engañado esa noche, pero el honor era importante para él. Y su hijo también. Y que un hombre quisiera ser un buen padre era una buena recomendación, ¿no?

–Lo único que te pido es que cualquier cosa que concierna a nuestras vidas lo decidamos juntos –le dijo–. Y que tú no me obligues a hacer otro papel salvo el de madre y esposa.

–Serás la jequesa de mis tribus.

–Puedo vivir sin un título.

–Lo siento, *ya habibati*, pero eso no es negociable. Serás mi jequesa, mi mujer, la madre de mis hijos y cualquier otra cosa que yo quiera que seas –Adir se dio la vuelta para salir de la tienda, pero antes de hacerlo se detuvo un momento–. ¿Y si fuera un niño, Amira? –le preguntó.

Ella vio un pozo de profunda emoción en sus ojos y supo que había tomado la decisión acertada. El hombre en el que había confiado esa noche estaba ahí, aunque él no lo supiera.

–Si es un niño, espero que me ayudes a convertirlo en un hombre feliz. Un hombre seguro de quién es, que conozca sus raíces, que se sepa querido –respondió, con el corazón en la garganta–. ¿De acuerdo?

Vio un brillo de emoción en los preciosos ojos de color ámbar. Tal vez estaba tan emocionado como ella. Al menos, quería creer eso.

–Y otra cosa, Adir.

–Dime.

–Si es un niño, espero que sea tan guapo como su *abba*.

Adir salió de la tienda con una sonrisa en los labios y Amira se fue a la cama sonriendo también. Por primera vez desde la noche que se conocieron y eligió al hombre que pronto sería su marido.

Lo había creído distante, sin corazón, un monstruo, pero no era así. Nada en la vida era sencillo y tampoco lo era Adir al-Zabah.

Capítulo 6

LA BODA se celebró dos semanas después. Fue una ceremonia discreta con un puñado de invitados: su padre, miembros del Consejo de las tribus y socios de Adir.

Aunque la gente del campamento estaba impaciente y las mujeres se habían hecho vestidos nuevos para la ocasión.

–No será la ceremonia sofisticada que habrías tenido con Zufar –le había dicho unos días antes–. Pero mi gente no quiere perdérsela. Es una boda que llevan años esperando celebrar.

–Prefiero estar delante del imán contigo, los dos solos.

–¿Seguro?

Amira suspiró. ¿Pensaba que echaría de menos las frivolidades y extravagancias de una boda real? Nada había sido elección suya, ni siquiera el vestido.

–Incluso de niña sabía que mi boda no sería como yo quisiera, así que no me estás quitando algo con lo que haya soñado.

Él se rio, pasándole la yema del pulgar por la barbilla.

–Te estás volviendo muy impertinente, ¿no?

Y entonces, antes de que Amira pudiese responder, se apoderó de sus labios y enredó los dedos en su pelo para saborearla a placer. El calor masculino invadía sus sentidos y, sin darse cuenta, Amira se inclinó hacia él.

Las sensaciones eran tan puras, el deseo tan descarnado… Sus firmes labios apretaban los suyos, sus pechos se aplastaban contra el ancho torso, su vientre soportaba el peso de su erección.

No era un beso suave o tierno, sino furioso, carnal. Adir presionó sus labios hasta que tuvo que abrir la boca para él, hasta que saborearlo fue su único pensamiento.

¿Cómo había podido olvidar lo seductores que eran sus besos? Unos besos que traicionaban la urgencia de su deseo, aunque no había vuelto a visitarla después del acuerdo.

Incluso cuando la llevó al ginecólogo y el médico les había dado la enhorabuena, Adir se había mostrado pensativo. Apenas la había rozado, como si no pudiera soportar estar a su lado y, por fin, Amira no había podido soportarlo más.

–¿Qué he hecho ahora? ¿Por qué pareces enfadado?

–¿Has escrito a Zufar?

–¿Has interceptado la carta? –replicó ella.

Él tomó aire, apretando los dientes. Amira se hubiera reído si pudiese controlar la desconexión entre su mente y su cuerpo. Fueran cuales fueran sus orígenes, Adir al-Zabah era un hombre para quien imponer respeto era tan fácil como respirar.

Cada vez que mencionaba su desconfianza veía un brillo helado en sus ojos. Casi un brillo de incredulidad.

«No puedes desconfiar de mí, Amira. Como tu marido, te ordeno que confíes».

Si no fuese tan arrogante podría haber pensado que su reserva escondía cierto disgusto al recordar sus retorcidos motivos. Incluso arrepentimiento por no haberse portado honorablemente con ella.

Pero era un error pensar que lo entendía. Había creído entender sus motivos y sus sentimientos una vez. Hacerlo de nuevo sería una estupidez.

—No, no la he interceptado.

—Solo era una carta de disculpa, Adir. Zufar se merecía algo después de lo que hice.

—¿Y nada más?

—También escribí a Galila. Debe de estar preocupada por mí y he oído que también ella estará pronto comprometida.

—¿Ninguna nota para el príncipe Malak?

—¿Siempre vas a desconfiar de mí? ¿Debo cuestionar yo dónde has estado toda la semana? ¿Debo cuestionar por qué mantienes las distancias?

Amira se dio cuenta entonces de que su enfado no tenía nada que ver con ella sino con la familia real de Khalia, pero cada vez que intentaba sacar el tema de la pelea entre él y Zufar, Adir se negaba a hablar de ello.

—No quiero que te comuniques con la familia real.

—Galila es mi amiga, mi única amiga. ¿Qué hay de malo en escribirle? Te prometo que no había nada más en esa carta. Le he contado que estoy a salvo y relativamente feliz, dadas las circunstancias.

Después de lo que le pareció una eternidad, él asintió con la cabeza y en esa ocasión Amira no pudo controlar su impulso a tiempo. Buscó sus labios y, dejando escapar un gemido ronco, Adir se hizo dueño del beso hasta que ninguno de los dos podía respirar.

Sus caricias eran de fuego. Era como si hubiese olvidado su resentimiento, la amable cortesía con la

que la había tratado esos días, como si disfrutase de
su rendición.

Como la noche que se conocieron.

El deseo que sentía por ella mientras saqueaba su
boca sacudía su poderoso cuerpo. Para no derretirse a
sus pies, Amira lo agarró por los hombros y clavó los
dedos en los fuertes músculos mientras sus lenguas se
batían en duelo. Cuando empezó a chupar la punta
como hacía él con la suya, perdió la cabeza.

Él puso una mano sobre sus pechos, su calor la
quemaba por encima del vestido. Los sentía pesados,
hinchados… una hinchazón que llegaba hasta la punta
de sus pezones. Sin pensar, clavó los dedos en sus
hombros en una muda súplica.

—¿Esto es lo que has echado de menos? —le preguntó Adir con voz ronca, mirándola con los ojos en-
tornados.

—Sí —admitió ella, ruborizándose.

Adir hundió los dedos en su pelo y apoyó la frente
en la suya. Para intentar contenerse, para calmar su
ardor. Amira experimentó una sensación de poder al
saber lo fácil que era hacerle perder el control.

—Te deseo tanto como tú me deseas a mí —dijo él
entonces, apartándose—. Pero llevo mucho tiempo
solo y no voy a informarte de todos mis movimientos.
Y en cuanto a mantener las distancias… si entro en tu
tienda te haré el amor sin poder evitarlo. Maldita sea,
te deseo tanto que no puedo dormir, pero vas a ser mi
mujer, la jequesa, y no puedo deshonrarte y deshon-
rarme a mí mismo saltándome las tradiciones.

Adir vivía a caballo entre las tradiciones y el progreso y Amira lo admiraba por ello. Debía de ser un
hombre de honor para respetar algo en lo que no creía.

—Lo entiendo.

–No quiero que mi gente cuestione mi honorabilidad o que te falten al respeto. Y, si eso significa darme duchas frías y tener que aliviarme solo hasta el día de la boda, que así sea.

Amira no sabía si reírse o llorar mientras apoyaba la cara en su torso. Porque también ella lo echaba de menos. Anhelaba el calor de sus besos como nunca había anhelado nada.

Quería creer, aunque sabía que no debería, que era el hombre al que había conocido esa noche, el hombre que la entendía, que la adoraba.

–Cuanto más sé de las tribus, más crece mi respeto por ti. Como líder capaz de unir el pasado y el futuro eres ejemplar, pero supongo que es demasiado pedir que seas un parangón de virtudes.

–¿Qué quieres decir con eso? –le preguntó él.

Amira lo miró a los ojos, unos ojos en los que podría ahogarse cuando brillaban de ese modo.

–Podrías haberme informado de tu decisión, pero he descubierto que tuviste que hacerte cargo de responsabilidades desde que eras muy joven y está claro que tu vida personal y tus relaciones con las mujeres han sufrido por ello.

–Tú eres la primera mujer que se queja, *ya habibati*.

–Tal vez porque soy la primera mujer que se atreve a ser sincera contigo.

Adir esbozó una sonrisa, mostrando esos hoyuelos tan preciosos, mientras le sostenía la barbilla con un dedo.

–Creo que es la primera vez que me insultan y me halagan en la misma frase.

–Esa era mi intención.

Él soltó una carcajada que, tontamente, la emocionó. ¿Debería ser una victoria para ella, por pequeña que fuese, hacer reír a Adir en medio de una discusión? ¿Ver un destello del hombre que la había abrazado con tanta ternura esa noche?

Si no tenía cuidado, su identidad desaparecería, tragada por Adir y lo que Adir pensase de ella.

—Te reirás, llorarás y harás lo que hacen las novias durante la boda, Amira. No quiero que Humera vuelva a preguntarme por qué mi prometida escribe a un hombre al que odio o por qué no parece feliz. Lo último que necesito es que las mujeres de la tribu convenzan a sus maridos de que te he forzado a este matrimonio, manchando mi reputación y la tuya en el proceso.

Ah, por eso había ido a informarle sobre la boda. No porque quisiera hacerlo, no porque la considerase su compañera en todo, a pesar de haber dicho que sería su jequesa. Como los demás hombres de su vida, quería darle libertad solo dentro de unos parámetros determinados por él.

—Y, si se quejasen a sus maridos, ¿que pasaría?

Adir frunció el ceño.

—Las mujeres tienen mucho poder en las tribus del desierto.

—¿Por qué tiene Humera tanta influencia sobre ti?

La comadrona podía dar órdenes al jeque con un simple gesto. Además, había visto genuino afecto en los ojos de Adir cuando hablaba con la anciana.

—Ella me crio.

—¿Y tus padres?

—Mi madre tuvo que abandonarme cuando era un bebé y me trajeron aquí, con Humera.

Había sido abandonado por su madre cuando era un bebé, enviado al desierto…

Amira quería seguir haciendo preguntas. Todo tenía que ver con lo que le había pedido a Zufar, estaba segura. El pasado lo había conformado como persona y ese sería el legado de su hijo y una parte de su vida también.

–¿Quién era tu madre, Adir?

Pero sabía la respuesta antes de que él dijese nada. Por fragmentos y retazos de conversación, había descubierto la verdad sin darse cuenta. Y la veneración de su tono cuando hablaba de…

–La reina Namani –respondió Adir por fin–. Tuvo una aventura con otro hombre y yo fui el resultado. El rey Tariq se encargó de que me enviasen al desierto con Humera.

¡Zufar, Malak y Galila eran sus hermanastros! Por eso lo había conocido Galila.

–¿Y tu padre?

–La reina Namani me escribió cada año en mi cumpleaños, pero nunca mencionó su identidad.

–Entonces no sabes quién es.

–No, no lo sé.

El hijo ilegítimo de la reina, enviado al desierto como una desgracia para la familia, había conseguido llegar a ser jeque.

De repente, su ira, el miedo que había visto en sus ojos cuando se la imaginó casándose con Zufar después de saber que estaba embarazada, todo cayó en su sitio.

Había crecido entre extraños, abandonado por su madre. No sabía quién era su padre. Y, si ella se hubiera casado con Zufar, esa terrible historia se habría repetido con su hijo.

–Lo siento mucho, Adir, pero no puedes hacerme responsable por algo que yo no he provocado. Solo volviste a mí cuando decidiste que tu venganza podría tener peores consecuencias para Zufar.

–Solo Humera y yo conocemos las circunstancias de mi nacimiento.

Amira asintió, pensativa. Entonces, ¿por qué había ido al palacio de Khalia esa noche? ¿Qué había querido de Zufar? ¿Habría ido a buscar a su familia?

¿Le diría la verdad si le preguntaba?

Adir la tomó entonces por la muñeca, acariciándola con su aliento.

–No quiero que te hagas la mártir en nuestra boda.

Ella se rio. ¿Qué quería aquel hombre insufrible?

–Créeme, Adir, no tengo intención de ser una mártir. ¿Alguna orden más, Majestad?

–Elige algo, un elemento de la boda que te haga ilusión. ¿Qué es lo que quieres?

Las palabras quedaron suspendidas en el aire. Su tono arrogante no podía invalidar la importancia de lo que le ofrecía y, de repente, sintió un destello de alegría en el pecho. Aquel era el primer ladrillo en los cimientos de su vida.

–¿Hay alguna posibilidad de que ese elemento sea el novio? –bromeó Amira–. He visto a un joven, un poeta por el que suspiran todas las mujeres –añadió, conteniendo la risa al ver que Adir arrugaba la frente–. Tiene una sonrisa preciosa. Creo que es el hermano menor de tu amigo Wasim…

Adir se tragó el resto de sus palabras con un beso apasionado, posesivo. Con el corazón acelerado, Amira se agarró a él mientras la devoraba.

–No me tientes, *habiba*. ¿Qué es lo que quieres?

–Mi vestido de novia –respondió ella–. Galila y yo fuimos de compras una vez a una boutique en Abu Dabi y vi el vestido más bonito del mundo.

–¿Por qué no lo compraste?

–A mi padre le pareció muy caro y seguramente ya

lo habrán vendido, pero recuerdo el diseño perfectamente. Zara me ha contado que las mujeres beduinas hacen unos bordados preciosos. Por supuesto, habrá que comprar la tela y tendremos que pagar a las costureras…

—Hecho —la interrumpió Adir.

—Gracias.

Por impulso, Amira le dio un beso en la mejilla. Estaba contenta, pero no podía olvidar la enormidad de lo que le había contado sobre su madre. No podía dejar de pensar en lo que habría sido su vida, solo en el desierto desde niño.

—¿Qué le pediste al príncipe Zufar? ¿Qué te negó, Adir?

—Ser reconocido como hijo de la reina Namani, como parte de la estirpe de Khalia. Zufar me dijo que yo era una mancha en la familia.

Amira intentó disimular su angustia. ¿Seducirla había sido su venganza?

—Muy bien. Le has quitado algo a Zufar porque él te ha quitado algo que es tuyo. Supongo que ahora esa pelea ha terminado.

—¿Me han dado el sitio que me corresponde?

—No.

—Entonces no ha terminado. No descansaré hasta que tenga lo que es mío.

Amira se dejó caer sobre el diván, sabiendo que mientras todo había cambiado para ella, nada había cambiado para Adir. Y nada, ni su hijo ni su boda, haría que cambiase de opinión.

Pero no podía dejarlo estar. Si lo hacía, la incapacidad de Adir de verla como algo más que una esposa de conveniencia podría hacerle más daño que la indiferencia de Zufar.

De hecho, si no tenía cuidado, le rompería el corazón.

El día de su boda amaneció como una explosión de naranjas y rosas en el cielo, iluminando el desfiladero y el valle.

Amira se bañó en una enorme pila frente a una hoguera. El agua había sido aromatizada con aceites y dos mujeres masajearon su piel hasta que brillaba como el oro.

Todas las mujeres la trataban con gran respeto porque consideraban un privilegio y un honor preparar a la novia del jeque. Estaban encantadas de darle la bienvenida a la tribu. La respetaban porque confiaban en la elección de Adir, porque creían que había conquistado el solitario corazón del jeque.

Pero, por una vez, Amira se sintió agradecida a la autoridad de Humera cuando la comadrona echó a todo el mundo de la tienda, incluso a Zara, para ponerle una enagua de gasa bajo el vestido. Amira no cuestionó por qué sabía que estaba embarazada. Al parecer, Humera lo sabía todo.

Su delgada constitución hacía que el embarazo no se notase bajo la ropa, aunque desnuda la curva de su abdomen era cada día más evidente.

Y, pensando en la noche de bodas, eso era algo que la ponía nerviosa.

Una vez vestida, las mujeres volvieron a la tienda para adornar sus manos y sus pies con intricadas espirales de *henna*. Como había salido del palacio con las manos vacías, Zara había ido a la ciudad para comprar maquillaje y movía las brochas con infinita alegría.

Los sonrojos de mujeres solteras como Zara y Nusrat, y las picantes bromas de las mujeres casadas hicieron que empezase a relajarse.

Salvo por la amistad de Galila, que había tenido sus propias restricciones, ya que estaba prometida con su hermano, Amira se había visto privada de la compañía de una mujer desde la muerte de su madre. Y, de repente, tenía una ruidosa familia, hermanas, primas y amigas como siempre había deseado.

Como jequesa, sabía que no podía compartir sus dudas sobre el matrimonio con Adir, pero era muy agradable tener el calor que siempre había faltado en su vida.

Cuando una mujer embarazada le habló de su temor de que la clínica móvil no llegase a tiempo cuando se pusiera de parto, Amira, encantada, se ofreció a ayudar.

La mujer, emocionada, le había dado las gracias al saber que era enfermera de obstetricia, pero Humera estropeó el momento diciendo que no era seguro que el jeque le diera permiso para atender a las mujeres de la tribu.

No había censura en su tono, sino una simple advertencia. Un recordatorio de que no era libre de dar su palabra en ese asunto.

Pero la advertencia de Humera no sofocó su entusiasmo. Las mujeres de las tribus beduinas no tenían fácil acceso a la atención hospitalaria y ella haría todo lo posible para ayudar. Esa era la razón por la que había estudiado Enfermería.

Amira le hizo un guiño a la mujer embarazada. Si podía ayudar, lo haría encantada y, por primera vez en meses, tenía esperanzas para el futuro.

Podría tener una vida plena allí, en el desierto.

Tendría el respeto de Adir, tendría a su hijo y tendría un trabajo. Su nueva vida sería mejor de lo que había esperado.

No necesitaba amor ni las complicaciones que conllevaba, pero tampoco necesitaba distanciarse de un hombre que podía tocar su alma con un simple beso.

Y era hora de ponerse el vestido de novia, una túnica de seda dorada con un corpiño bordado por las mujeres de la tribu.

Hora de ir hacia la enorme tienda nupcial y mirar a los ojos del hombre que la esperaba.

Vestido con la túnica tradicional, con los ojos bordeados con *kohl*, Adir era como un sueño prohibido. Su expresión, el travieso brillo de sus ojos, que estaba segura solo veía ella, le decía lo que pensaba del vestido y lo que pensaba de su futura esposa.

Para bien o para mal, sus propias decisiones la habían llevado hasta aquel lugar, hasta aquel hombre, y dependía de ella que ese matrimonio funcionase.

Y lo conseguiría, se prometió a sí misma. Le demostraría que era lo mejor que le había pasado en la vida. Su hogar sería un sitio lleno de amor para su hijo y los que pudiesen tener más adelante.

Amira inclinó la cabeza en una silenciosa plegaria mientras prometía amar y respetar a su marido.

Capítulo 7

ADIR TARDÓ mucho tiempo en liberarse de los invitados. Rara vez bebía cuando estaba en el campamento, respetando la tradición de abstenerse del alcohol, pero esa noche necesitaba una copa.

Esa noche daría cualquier cosa por olvidar la carga que llevaba sobre los hombros, la constante necesidad de demostrar a las tribus, al mundo entero, que merecía ser un jeque. Y más que nada, demostrárselo a sí mismo.

No era una cuestión de confianza; los informes trimestrales de su compañía atestiguaban su riqueza. No, era un vacío en su interior. Un vacío que había sentido toda su vida y que las cartas de su madre habían hecho más profundo.

Un vacío que alimentaba su ambición, su necesidad de poder y algo más intangible. Al menos la boda había sido una ocasión feliz para su gente y la elección de la nueva jequesa había sido elogiada por todos.

Los líderes de las tribus habían acudido a la ceremonia para darle su bendición al matrimonio y para mostrarle su apoyo.

Los resultados que había conseguido al unir Dawab y las tribus Peshani eran alabados por todos y su intención era pedirle al jeque del país vecino, Zyria, que entrase en el Consejo de gobiernos locales.

Que pudiese atraer al jeque Karim al Consejo y convencerlo para que firmase un tratado de paz por el que se comprometía a no invadir las tierras de las tribus beduinas, unas tierras que sus ancestros habían reclamado durante siglos, era otra cuestión. No lo conocía personalmente, pero había oído que era un gobernante justo.

Algunos pensaban que solo quería amasar poder y, como empresario, en parte era eso. Pero también quería paz en la tierra en la que se había criado. Quería detener las constantes incursiones, quería que las tribus prosperasen.

«¿Quieres crear un legado para la posteridad?», le había preguntado Amira cuando le explicó la razón por la que había creado el Consejo casi una década antes. Estaban cenando juntos por última vez antes de los tres largos días previos a la boda en los que, según las tradiciones, no podrían verse.

Había querido perderse en el calor de su boca, acariciarla por todas partes y grabar esas deliciosas curvas en su mente antes de irse solo a la cama y terminar por sí mismo.

Pero, por supuesto, nada era sencillo o relajante cuando se trataba de Amira porque ella insistía hasta que recibía una respuesta. Y sus respuestas, estaba empezando a darse cuenta, contenían verdades de las que hasta entonces no se había percatado.

Le había dicho que conseguir la paz y atraer a inversores extranjeros que crearían puestos de trabajo sería bueno para su gente, pero ella creía que había algo más. Amira siempre sacaba sus propias conclusiones.

Según ella, se trataba de algo más que ser un buen gobernante, que quería dejar un legado para la posteridad. Y como no tenía una réplica concluyente para su irritante conclusión, Adir sencillamente se había ido de la tienda, dejando la cena a medias. Como un adolescente enfadado.

Por qué quería dejar un legado se había hecho evidente aquel día y era una verdad que aún no era capaz de aceptar.

De repente, la misión que se había impuesto a sí mismo le parecía un imposible. ¿Pensó la reina Namani en el precio que él tendría que pagar o lo que iba a costarle cuando atizaba el fuego de su ambición? ¿Había pensado alguna vez que sus palabras serían una carga insoportable para él?

Se había convertido en la cabeza visible de un movimiento empeñado en preservar la forma de vida de las tribus beduinas. Para otras tribus eran una curiosidad por las oportunidades de trabajo y enriquecimiento entre gente tradicionalmente nómada.

Los jefes de tres tribus que Adir no gobernaba tenían mil preguntas que hacerle. Estaban poniéndole a prueba, intentando averiguar si de verdad creía en su forma de vida o era un vendido.

Le habían preguntado por su compañía de Eco Aventura, que había creado porque si el mundo entero quería experimentar la vida de los beduinos en el desierto, su gente debería recibir dinero a cambio, y también sobre los derechos sobre el petróleo en unas tierras en las que las tribus habían vivido durante siglos.

Había dos nuevas tribus dispuestas a pedir que los representase cuando se viera con los funcionarios del gobierno, pero uno de los líderes le había hecho la única pregunta a la que Adir no podía responder. A la que nunca podría responder. Y que le había recordado que por lejos que llegase, había algo que nunca podría tener.

—No has venido a la cama.

La voz de Amira interrumpió sus pensamientos. Su esposa estaba de pie entre la zona que hacía de salón y el dormitorio, con la melena oscura enmarcando su rostro ovalado.

El vestido dorado se pegaba a sus pechos como una segunda piel. Parecía como si el tejido hubiera sido vertido sobre sus curvas… lo había dejado sin aliento cuando apareció ante él esa tarde.

Y volvió a hacerlo en ese momento.

¿Cómo había olvidado que ella lo esperaba?

Oyó un frufrú de seda cuando ella dio un paso adelante. La tela era tan cara y delicada como la del vestido que se había puesto para Zufar, pero mientras que ese vestido había sido creado para llamar la atención, para mostrar las riquezas de Khalia, aquel era un diseño sencillo que destacaba la belleza de la mujer que lo llevaba.

Más de diez mujeres habían trabajado en el corpiño bordado durante siete días y Adir había visto su alegría y satisfacción por haber tenido ese privilegio cuando Amira entró en la tienda nupcial.

Ser una jequesa parecía algo natural para ella. Lo había visto durante y después de la ceremonia, en la gente que se reunía a su alrededor. Amira sabía de manera innata cómo ser la perfecta anfitriona.

Ningún entrenamiento podría haber creado el genuino interés que mostraba sobre las tribus, sobre la clínica móvil o incluso sobre los rebaños de cabras.

Ni siquiera él sabía que le había robado una joya a Zufar. ¿Lo sabría el príncipe? Evidentemente no, o su hermanastro no la habría tratado con indiferencia.

Pero las oscuras sombras que había bajo sus ojos lo hacían sentirse culpable. ¿Era él mejor que Zufar?

—No sabía que aún estuvieras despierta. Sé que la boda te ha dejado agotada.

Vio un brillo de sorpresa en sus ojos. ¿No sabía que había visto a su embarazada esposa intentando sonreír valientemente mientras saludaba a los invitados, felicitaba a los cocineros o hablaba con la esposa del jefe de una de las tribus?

Si él vivía a caballo entre las tradiciones y el progreso, ella residía entre los dos mundos con naturalidad y respeto. Era una tarea muy compleja que lograba siendo abierta y no juzgando a la gente de las tribus, aunque sus creencias fuesen diferentes.

Aunque tampoco era un felpudo, al contrario.

Todo el mundo le había dicho que su jequesa era una mujer encantadora, amable e inteligente.

—No, en realidad te había esperado consumida por si vendrías a la cama y qué querrías cuando vinieses. Y qué haría yo si tú hicieras lo que quieres hacer —Amira se puso colorada y Adir pensó que era arrebatadoramente bella—. Luego, me consumía pensar qué iba a hacer si tú no hacías lo que yo pensaba que harías —añadió, torciendo el gesto—. Empezó a dolerme la cabeza por darle tantas vueltas y me quedé dormida.

—Le das muchas vueltas a todo, así que la cabeza debe de dolerte a menudo —bromeó Adir.

El duende de su primer encuentro parecía estar emergiendo de nuevo. Aquella mujer le quitaba el aliento, pero la curiosidad se mezclaba con el deseo.

–¿No vas a acercarte, Adir?

Él intentó sonreír. Tenía muchas cosas en la cabeza esa noche; sobre su madre, sobre todo lo que no podía controlar, y no quería que Amira se inmiscuyese. No quería su inocencia y sus preguntas porque siempre había afrontado solo sus problemas.

Y esa noche no podía tomar de ella lo que quería porque no sería capaz de controlarse. Sus sentimientos eran confusos y estaba demasiado impaciente debido a la larga abstinencia a la que se había forzado a sí mismo durante los últimos cuatro meses.

Algo que seguía sin entender.

–No sería buena compañía esta noche. Vuelve a la cama.

–¿Irás a mi cama esta noche? –le preguntó ella.

–¿Tengo que informarte de mis intenciones, Amira? ¿Debo decirte por adelantado si quiero relaciones maritales o no?

Ella palideció.

–No, solo había pensado que podríamos esperar…

–No esperaremos para consumar el matrimonio. Eres mi esposa y esta es nuestra noche de bodas, ¿no? Si cuando vaya a la cama estás dormida, te despertaré para que me recibas.

Hablaba como un hombre de otro siglo. Siempre se había considerado un hombre moderno, pero Amira lo empujaba a portarse como un cavernícola.

Ella palideció. Iba a darse la vuelta, estaba seguro. Y una vez que se le hubiera pasado el mal humor, iría a su cama y Amira le daría la bienvenida.

Porque no podía disimular. Lo deseaba y ese deseo lo inflamaba a pesar de todo.

Amira lo quería en la cama, sobre ella, dentro de ella, pero no sabía expresar su deseo sin sentirse abochornada. Saber que su esposa ansiaba sus caricias, que las necesitaba tan desesperadamente como él, consiguió calmar su inquietud.

Pero si pensaba que su inocente esposa se iría a la habitación para lamerse las heridas estaba muy equivocado. Amira dio un paso adelante y se colocó a su lado, mirándolo con gesto desafiante.

Nunca dejaría de asombrarle la fuerza que poseía bajo esa aparente fragilidad.

–Hasta Humera me evita cuando estoy de mal humor –le dijo, con tono de advertencia.

Ella se encogió de hombros.

–Entonces, Humera tiene suerte. Como soy tu mujer, yo no tengo forma de escapar.

–Te estoy dando una.

–No, estás dictando qué clase de matrimonio va a ser el nuestro y ya te he dicho que no voy a ceder. Si estás disgustado o enfadado, me quedaré aquí. Estamos casados, Adir. Estaría bien que compartieses tus problemas conmigo, pero, si no quieres hacerlo, no pasa nada. Lo que no voy a tolerar es que me dejes fuera solo porque estás de mal humor y que luego vayas a visitarme cuando te apetezca… –Amira se pasó la lengua por los labios y la sangre de Adir voló hacia su entrepierna– cuando te apetezca sexo. Las promesas que te he hecho hoy, las he hecho de corazón. Cuando prometí que compartiría mi vida contigo me refería a compartirlo todo, no solo la cama.

Después de ese pequeño discurso se tumbó en el diván, cubriéndose las piernas con el vestido. Parecía agitada y sus pechos subían y bajaban rápidamente… era como poner carne frente a un predador hambriento.

–¿Estás diciendo que no vas a permitir que te toque? –le preguntó él, sorprendido.

Ella cerró los ojos, las pestañas le hacían sombras sobre los altos pómulos.

—Estoy diciendo que puedes tener algo más que mi cuerpo, Adir. No te estoy pidiendo que me abras tu corazón, pero tampoco tienes que protegerme de tus cambios de humor. Te aseguro que yo no voy a protegerte de los míos.

Él se rio entonces, un sonido que salió de sus entrañas y lo tomó por sorpresa. Incluso estando de mal humor, Amira era capaz de hacerlo reír.

—Ni de los cambios de humor, ni de la lengua afilada. Pensé que me había casado con una mujer de buen carácter.

—Para ser alguien que ha conseguido unir a varias tribus en conflicto eres un poco tonto, ¿no? Usa miel en lugar de vinagre si quieres una esposa dulce, Adir.

—Sé lo que debo usar para que seas dulce, *ya habibati*. Mis dedos, mi boca, mi lengua.

La vio tomar aire, con los pechos empujando contra el corpiño del vestido, y el deseo fue como un puñetazo en el estómago.

De repente, la quería desnuda. Quería ver esos pezones de color rosa oscuro, la curva de su cintura, los rizos negros de entre sus muslos.

Con la frente cubierta de sudor, se acercó a ella despacio, temiendo asustarla. La tensión de sus hombros decía que ella lo había notado, pero no se movió. Se quedó inmóvil como una reina, como una tentación.

Adir vio dos gotas de sudor sobre el grueso y jugoso labio superior. Sus labios eran tan rosados como frambuesas, dulces y ácidos a la vez. Irresistibles.

Se inclinó para tocar su vientre y, al sentir un aleteo, de repente todo cambió.

Era tan delgada que apenas se notaba cuando estaba vestida, pero reclinada hacia atrás podía ver la curva de su vientre.

Adir tragó saliva cuando Amira puso una mano sobre la suya.

Allí estaba.

«Su hijo».

Se quedó inmóvil, conmocionado. Un diminuto ser del que él era responsable, un ser que habían creado juntos. Un niño que buscaría su guía, su protección. Su amor.

Desde que supo que estaba embarazada solo había pensado en legitimar a su hijo, en Amira y en lo que ella le hacía sentir. No había pensado en las obligaciones de la paternidad y solo ahora se daba cuenta de aquella enormidad que iba a cambiar su vida.

Amira enredó los dedos con los suyos, mirándolo a los ojos.

—¿Qué ocurre, Adir?

—¿Abandonarías a este hijo por alguna razón?

Ella se apartó, fulminándolo con la mirada.

—¿Cómo te atreves a hacer esa pregunta?

—¿Y si te ofreciese la libertad que tanto anhelas a cambio? ¿En cualquier parte del mundo, donde tú quisieras, donde ningún hombre pudiese volver a darte órdenes? Entonces, ¿cuál sería tu respuesta?

—No, por nada del mundo. Mi hijo es mío.

Adir sintió una punzada de dolor en el corazón. Un dolor tan agudo y tan increíblemente poderoso que no podía respirar.

—Adir, me estás asustando. ¿Qué pasa?

Él había sido un niño inocente cuando lo enviaron al desierto. Sin embargo, su madre le había profesado amor en todas sus cartas, lo había urgido a ser alguien en la vida. Había un fervor casi enloquecido en esas cartas, en las que vertía toda su ira por haber sido forzada a abandonarlo y describía su resentimiento hacia sus otros hijos, Zufar, Malak y Galila.

Pero al final lo había abandonado. Nunca había intentado verlo y le había prohibido que fuese a visitarla al palacio, dirigiendo su destino a distancia.

En cuanto a su padre…

–¿Por qué es tan importante para ti? Es un hijo inesperado y, según tu propia admisión, te ata a un hombre que te ha engañado.

–Adir…

–No irás a decir que te habrías escapado conmigo sin estar embarazada.

Ella sacudió la cabeza.

–Este hijo es importante porque se debe a una decisión mía. Ha nacido de algo bueno.

–¿Sigues pensando que es bueno que pasaras la noche conmigo, aunque me odias?

–Yo no te odio, Adir. Esa noche fue como un sueño. Esa noche y este bebé están unidos. ¿Cómo iba a odiarte a ti, o esa noche, cuando ha traído esta maravillosa criatura?

Su madre y su padre habían disfrutado de una aventura, del amor que sentían el uno por el otro, pero no del hijo que había sido el resultado de ese amor.

Adir tiró de su mano y la sentó sobre sus rodillas, con la espalda apoyada en su torso y la cabeza sobre su cuello.

El hijo que esperaba y aquella mujer eran suyos. Era primitivo pensar así, pero no podía evitarlo. Nunca había tenido a nadie en toda su vida, pero Amira y su hijo eran suyos.

–Adir, por favor, dime qué te pasa. Cuéntame…

–Calla, *habiba* –la interrumpió él, lamentando haberla asustado–. No tiene nada que ver contigo. El líder de una de las tribus… en fin, me ha puesto de mal humor.

–¿Por qué? –insistió ella–. No puedes pedirme que sea tu jequesa y no compartir conmigo tus problemas, las cosas que te han hecho ser como eres.

–¿Qué quieres saber?

–¿Cómo un niño que fue abandonado en el desierto se convirtió en jeque de tantas tribus?

–El viejo jeque me eligió como sucesor y sus palabras me dieron confianza –respondió él, hundiendo la cara en su pelo–. Cuando uní Dawab y las tribus Peshani, lo hice casi por accidente. Habían estado enfrentados durante años y los gobiernos locales alimentaban el odio entre ellos porque, de ese modo, los derechos sobre el petróleo y las tierras que ocupaban estaban en el aire.

Lentamente, Amira empezó a relajarse y, sin decir nada, tomó sus brazos y los envolvió en su cintura. No sabía si se daba cuenta de lo que hacía o cómo lo tentaba, pero al rozar la almohada de sus pechos Adir tuvo que hacer un esfuerzo para encontrar el aliento.

–Y tú decidiste que conseguir la paz entre las tribus era la solución –dijo ella luego con una sonrisa.

–Cuando estaba en la universidad en Zyria conocí a un inversor a quien le gustaron mis ideas sobre una compañía de Eco Aventura en el desierto y luego fundé una empresa tecnológica porque estaba claro que ni siquiera los beduinos iban a poder escapar a la inevitable modernización.

–Lo sé. Me he llevado una sorpresa al saber que Zara trabaja en una de tus empresas.

El orgullo de su tono lo hizo sentirse satisfecho,

aunque nunca antes había necesitado la aprobación de nadie.

—Zara y Humera tardaron meses en convencer a sus padres de que no estaban vendiendo a su hija al mundo moderno —le contó—. Una vez establecida la línea de autobuses para ir a la ciudad, y después de conocer a quien sería su jefa, otra mujer que trabaja para mí, se quedaron conformes.

—Y a partir de ahí empezó todo —Amira lo miraba como si hubiera conseguido lo imposible. Como si de verdad fuese un héroe—. Has hecho tanto por ellos, Adir. He visto lo orgullosos que se sienten de ti, lo convencidos que están de que siempre harás lo mejor para ellos. Es una confianza que tú te has ganado día a día.

—Pero hoy he hablado con dos jefes de otras tribus.

—¿Y bien?

—Estaban tanteando el terreno, por así decir. Que la guerra entre Dawab y las tribus Peshani haya cesado es un poderoso atractivo. Que los beduinos estén prosperando y encontrando nuevas fuentes de ingresos sin perder su forma de vida tradicional ha hecho que otras tribus quieran que los represente, pero el privilegio de gobernarlos es una espada de doble filo —Adir tragó saliva—. Uno de los jefes ha cuestionado las circunstancias de mi nacimiento, mi derecho a gobernar las tribus. Ha preguntado por mis familiares, de dónde he salido. Evidentemente, estaba intentando provocarme y…

Adir no podría responder a esas preguntas, pensó Amira. No podía contarle al mundo entero quién era su familia. No podía decir que era hijo de la reina Namani, que gobernar era algo que llevaba en la sangre.

No podía decir nada y, por lo tanto, tendría que soportar cualquier insulto.

Como los de Zufar.

¿Y qué le había dado la reina Namani en esas cartas? Ni amor, ni cariño, solo resentimiento hacia sus hermanastros. Y todo eso lo había soportado solo. Hasta ahora.

–¿Y te ha hecho pensar en la reina Namani?

–Me ha hecho pensar en mi padre, el hombre con el que mantuvo una aventura, al que decía amar con todo su corazón –Adir se pasó una mano por el pelo–. Las cartas de la reina Namani han sido la fuerza que me ha empujado en la vida desde siempre.

Amira frunció el ceño. Ella había conocido a la reina Namani, una mujer muy temperamental que había sido amiga de su madre.

–¿Cuándo te las envió?

–Una carta en cada cumpleaños –respondió él, su tono frío contrastaba con la emoción que había en sus ojos–. Cuando empecé a entender quién era, esperé esa carta cada año como un trofeo, un regalo.

–¿Y qué te decía en esas cartas?

–Que un pedazo de su corazón era solo para mí. Su «auténtico legado» me llamaba. Me pedía que estudiase, que tomase el control de mi vida. Me decía que estaba destinado a hacer grandes cosas, que no dejase mi educación de ningún modo, que debía superarme a mí mismo, que no debía ser débil, que mi camino siempre sería solitario si quería alcanzar mi verdadero destino. No debía confiar en nadie ni dejarme llevar por los caprichos del corazón… y que debía contraer un matrimonio ventajoso cuando llegase el momento.

Un camino solitario, el destino antes que el corazón. *Ya Allah*, era lógico que fuese tan distante. La rabia que sentía por la difunta reina la ahogaba, pero no quería turbar ese momento de intimidad.

—¿Le dijiste que habías logrado más de lo que ella se hubiera podido imaginar? ¿Que habías sido elegido líder de las tribus?

—No.

Ese monosílabo contenía tanto dolor que Amira no quería mirarlo por miedo a ver la pena en sus ojos. Porque si lo hacía no podría controlar su indignación.

—¿Por qué no?

—La condición para recibir sus cartas era que no me pusiera en contacto con ella, que nunca traicionase su confianza. Que no le contase a nadie que era mi madre.

—Pero fuiste a su funeral.

—Ella me lo pidió. En su última carta, me urgió a reclamar mi sitio en la casa real de Khalia cuando ella muriese.

Sin ningún daño para su reputación. Cuando ya no estuviera en este mundo para afrontar sus errores. Qué cobarde había sido la reina Namani, pensó Amira.

—Entiendo.

—Nunca supe la identidad de mi padre y no había vuelto a pensar en él hasta hoy.

—Ese hombre te ha hecho pensar en tu padre, un hombre que nunca se preocupó por el hijo que había tenido con una mujer a la que, supuestamente, adoraba. Una mujer que te enredó con sus cartas, pero te mantuvo alejado de ella. Una mujer que solo sentía odio por…

Adir se apartó tan rápidamente que Amira estuvo a punto de caerse del diván.

—Mi madre se vio obligada a abandonarme. La reina Namani me quería.

–Y, sin embargo, tú me has preguntado si abandonaría a mi hijo. No lo haría, Adir. Aunque pudiese entender cómo pudo hacerlo ella, aunque pudiese entender por qué a sus otros hijos...

–¡Ya está bien! Tú, con tu ingenuidad y tu lealtad hacia Zufar, no lo entenderías. Ella quería a mi padre y odiaba tener que separarse de mí. No pienso escuchar una palabra contra ella. ¿Lo entiendes?

Amira estaba empezando a entenderlo. A entender el control que las cartas de la reina Namani tenían sobre él.

Para Adir, era una mujer perfecta, una víctima. Su madre lo había animado para que triunfase en la vida, le había llenado la cabeza de palabras inútiles sobre el destino y la soledad. Y lo había cegado a todo lo demás.

Quería decirle que la reina le había hecho más daño que bien. Quería decirle que ella conocía la infancia de Galila y lo insensible y fría que había sido Namani con sus hijos. Que Zufar ni siquiera había tenido lo que Adir había recibido de su madre. Que la llegada de Adir al palacio, saber de las cartas que Namani le había escrito, habría sido como una bofetada para los tres hermanos.

Pero no podía decir nada de eso porque Adir no estaba preparado para aceptar la verdad.

Tal vez la reina Namani había querido al hijo al que se había visto obligada a renunciar, pero había sido débil y egoísta. Y Adir se había convertido en un desahogo, una forma de vengarse de su marido y de sus hijos legítimos, a los que no quiso nunca.

La reina Namani no solo había abandonado a Adir, también lo había utilizado para sus propios propósitos.

Pero, por supuesto, Adir nunca estaría dispuesto a aceptar la verdad. Nunca entendería que no necesitaba conocer la identidad de su padre.

Adir al-Zabah era un hombre imponente, un líder natural, un rey, perseguido por un pasado que no podía cambiar. No podía ver que la reina Namani le había robado la oportunidad de relacionarse con sus hermanos, la oportunidad de dejar el pasado atrás.

La oportunidad de tener algo más en la vida.

Mientras siguiera bajo el control del fantasma de su madre, no habría sitio para nadie más en su vida.

Ni en su corazón.

El suyo sería solo un matrimonio de conveniencia, nunca tendría un sitio en su corazón, pero Adir no le haría daño porque ahora sabía lo que podía esperar de él.

Y esa aceptación le dio valor para consolarlo, le dio el coraje de ofrecerle lo que necesitaba esa noche.

Lo único que Adir le permitiría darle.

Le temblaban las piernas mientras se dirigía hacia él, con su propio deseo ahogando cualquier otra protesta. Él le sujetó las muñecas, su rabia vibraba en el aire. Los ojos de color ámbar se oscurecieron hasta parecer cobre bruñido y Amira apretó los labios mientras le sostenía la mirada.

Sin decir nada, apretó sus pechos contra el duro torso masculino, su vientre contra el tenso abdomen, notando el roce de su erección.

—Lo siento —susurró, apoyando la frente en la suya—. Tienes razón, no lo entiendo. No puedo imaginarme la frustración que debes de sentir o la fuerza de carácter que necesitas para ser quien eres.

Rozó sus labios y, entre besos y alientos compartidos, con la embriagadora danza de sus lenguas, Adir empezó a relajarse.

No podría soportarlo si le dijese que no significaba nada para él, si le dijese, con esa arrogancia suya, que tomarla era su derecho.

Si le dijese que era una ingenua por esperar algo más.

Tendría una vida con él. Tendría su propia familia, con su hijo y los que llegasen en años venideros. Tendría su respeto, su nombre y su deseo.

Eso tendría que ser suficiente.

Tomó su cara entre las manos, el roce de su barba en las palmas era una sensual tortura, y lo vio tomar aire mientras empujaba las caderas hacia ella casi sin darse cuenta. Podía ver el deseo en el brillo de sus ojos porque ella sentía lo mismo.

Cuando lo besó en la boca de nuevo, un beso húmedo, apasionado, y sintió que él enredaba los dedos en su pelo, deslizó la lengua entre sus labios y jugó con ella como Adir había hecho unos días antes, sintiendo el roce de su erección empujando contra su vientre. Le hacía el amor con la boca, esperando que perdiese el control. Deseando que él tomase la iniciativa.

Y cuando, con un rugido que reverberó en su pecho, Adir se apoderó de su boca, Amira tembló de arriba abajo. Tembló de alivio, de deseo.

Suspiró cuando clavó los dedos en sus caderas, gimió cuando la aplastó contra su torso, disfrutó de la evidencia de su deseo rozando su vientre y del torrente líquido que creaba en su sexo.

Adir hundió los dedos en su pelo y empezó a quitarle las horquillas que lo sujetaban hasta que cayó en cascada hasta su cintura. Posesivo y duro, sin control, temblaba de deseo mientras tiraba de su pelo para besarla en el cuello y Amira respondió de igual manera.

–Me alegro de haberte conocido, Adir. Me alegro de que seas mi marido, de que vayas a ser el padre de mi hijo. Me alegro tanto de haberte elegido esa noche. Y volvería a hacerlo si tuviese oportunidad.

Capítulo 8

ME ALEGRO tanto de haberte elegido esa noche. Y volvería a hacerlo si tuviese oportunidad».

¿Cómo una mujer tan inocente era capaz de convencer a un hombre tan cínico como él con unas simples palabras? ¿Cómo era capaz de hacer que perdiese el control con una simple frase?

¿Cómo podía rendirse y conseguir una victoria al mismo tiempo?

Los besos de Amira le encendían la sangre y tomó su boca con un ansia que no podía contener. Sus labios eran tan dulces que lo quemaban, sus gemidos tan suaves y poderosos a la vez, sus caricias inexpertas y, sin embargo, cargadas de un deseo tan feroz como el suyo.

La aplastó contra su torso para desabrochar la cremallera del vestido como un adolescente tocando a una mujer por primera vez. Ella echó la cabeza hacia atrás, ofreciéndole su cuello, otra invitación a la que no pudo resistirse. El pulso latía violentamente en su garganta y su piel olía a rosas.

Mientras tiraba de la cremallera con una mano, clavó los dientes en su cuello, en el sitio donde latía el pulso, y chupó con fuerza, deseando saborearla y hundirse en ella.

Sabía a sudor y a ternura, una mezcla increíblemente erótica que lo volvía loco.

–Te besaré por todas partes esta noche, *ya habibati* –le prometió, con una voz tan ronca que apenas la reconocía–. Lameré tu carne, enterraré mis dientes donde quiera. Saborearé la miel de entre tus piernas y te haré gritar de placer.

Siguió chupando su cuello hasta dejar una marca en la piel dorada, como un salvaje, como un antiguo guerrero del desierto.

Un sollozo escapó de su garganta mientras lamía el chupetón. Amira se apretaba contra él, buscando más, queriendo más. Y él se lo dio empujando su erección contra su vientre, clavándose en ella por encima de la tela del vestido.

Amira suspiró mientras le echaba los brazos al cuello, apretándose contra él. Por cada acción existía una reacción igual u opuesta, como la ley de Newton hecha carne. Adir sonrió, pensando en contarle esa tonta comparación más adelante porque a su inteligente esposa le haría gracia.

–Adir, por favor… quiero más. El vestido…

–Te lo quitaré, *ya habibati*.

Adir agarró el cuello de la prenda y tiró hacia abajo. Los pálidos hombros y el nacimiento de sus pechos eran un recordatorio de las delicias que lo esperaban.

Con las mejillas arreboladas, el pelo una gloriosa masa oscura alrededor de la cara, los labios hinchados por sus besos, los pezones marcándose bajo la tela del vestido, era un sueño húmedo hecho realidad. Una compleja mezcla de inocencia y sensualidad.

–No, espera –dijo Amira entonces, sujetando sus manos.

–¿Por qué?

Ella sacudió la cabeza.

–Yo… –empezó a decir, pasándose la lengua por los labios y haciendo una mueca de dolor al rozar el sitio donde la había mordido.

Pero en lugar de sentirse culpable, Adir quería más.

–No voy a dejar que destroces el vestido. Mi vestido de novia es un símbolo de tantas cosas… es precioso para mí y pienso conservarlo para siempre.

«Para siempre».

Era una promesa entregada libremente en una relación a la que él la había forzado y sus palabras llenaban un vacío que no sabía que existiera.

No le dijo que no tenía intención de romper algo que era tan importante para ella. En lugar de eso, enarcó una ceja como si estuviera pensándolo. Su mujer tenía un carácter de acero y, si pensaba que estaba dándole órdenes, se echaría atrás.

Y él la necesitaba en ese momento más que respirar.

–Entonces, quítatelo tú.

En el silencio, podía oír el chisporroteo de las hogueras y el tintineo de los instrumentos musicales con los que su gente celebraba el matrimonio. Seguían celebrando su boda con aquella mujer seductora, pensó.

Era un loco por haber malgastado tantas horas pensando en las preguntas de aquel hombre cuando debería haber estado con ella.

Disfrutando.

–¿Que me lo quite aquí, ahora? –preguntó Amira, mirando a su alrededor.

Una luz dorada iluminaba la tienda, las coloridas

alfombras y almohadas eran como un caleidoscopio de colores y formas. Ni un centímetro de su cuerpo estaría oculto a su mirada, algo que ella pareció entender en ese momento porque abrió mucho los ojos y se puso colorada.

–¿No quieres ir a la habitación? –le preguntó, señalando la enorme cama situada tras un bastidor de tela que aportaba cierta intimidad.

–No, hoy no. En otro momento, otra noche. Iré a esa cama y me hundiré en ti mientras estás soñando conmigo. Hoy, te quiero aquí.

Ella tragó saliva, nerviosa, al ver que las finas paredes de la tienda reflejaban sus siluetas.

–Nadie se atreverá a acercarse a la tienda, *ya habibati*. No se atreverán a mirar la sombra de la jequesa y la noche no llevará nuestros suspiros. Ahora, quítate el vestido y vuelve a mí antes de que pierda la paciencia. Te quiero aquí, Amira –le dijo, tocando su entrepierna.

Su mirada de gacela fue del diván a la pulsante erección, empujando claramente contra la tela de la túnica.

Si seguía mirándolo así iba a explotar sin tocarla siquiera. De hecho, estaba tan ansioso que tal vez no debería tocarla en ese momento. Pero no, era imposible. La idea de no estar dentro de ella en unos segundos le parecía insoportable.

La tomaría y se encargaría de que sollozase de placer.

–Mírame –le ordenó.

Y ella lo hizo. Más por curiosidad que por obediencia, no tenía la menor duda. Lentamente, Adir tiró del borde de la túnica y se la pasó por encima de la cabeza.

Quedando completamente desnudo.

Ella dejó escapar un suave gemido que Adir quería escuchar una y otra vez, y mucho más enloquecido. Había gemido así cuando entró en ella esa noche, con una mezcla de dolor, placer y sorpresa.

Necesitaba escuchar ese gemido otra vez, necesitaba su cálido aliento rozando su torso, necesitaba la seda de sus muslos. Necesitaba oírla suspirar cuando se moviese dentro de ella, oírla gritar cuando llegase al orgasmo.

Su erección se volvió salvajemente dura y larga mientras ella lo estudiaba, clavándose los dientes en el labio inferior.

—No te recordaba tan… grande —murmuró, pasándose la lengua por los labios en un gesto nervioso. Ni siquiera intentaba disimular. No, al contrario, lo miraba posesivamente—. Vas a hacerme daño.

—No, nunca más. Eres enfermera, Amira, recuerda tus estudios. Esa noche eras virgen y los famosos jardines de la reina no son el mejor sitio para que la primera vez sea genial…

—Fue genial —lo interrumpió ella.

Cerró los ojos y el corpiño del vestido resbaló un poco más, dejando al descubierto un fino tirante de color rojo que lo encendió aún más.

—Tan genial… —dijo Amira, abriendo los ojos—. Me toqué después… varias veces. Entre las piernas —le aclaró, como si él no lo hubiese entendido. Como si no estuviera controlándose a duras penas.

Imaginársela tocándose, abriendo sus femeninos pliegues con los dedos, rezumando la humedad que había empapado sus dedos esa noche…

—¿Y bien? —le preguntó con voz ronca.

—No era lo mismo. Cerré los ojos y pensé en ti, en

tu peso sobre mí, en tus duros muslos, en los músculos de tu espalda flexionándose bajo mis dedos, en cómo te movías adelante y atrás… pero lo que hacía con los dedos no era suficiente. No podía… –Amira no terminó la frase y entonces, ante sus ojos, su tímida esposa se transformó en la dueña de su propio deseo–. No podía llegar al orgasmo. No debería habértelo contado –dijo un segundo después–. No quiero que pienses… en fin, me importa mucho lo que pienses de mí.

Su candor y su vulnerabilidad lo obligaron a sincerarse.

–No sabes lo excitante que es saber que te pones húmeda pensando en mí, saber que puedo llevarte al orgasmo, pero no voy a tolerar que pienses en otro hombre de ese modo.

–¿Prometes tú no pensar en otra mujer, Adir? Me enfurezco al pensar en ti tocando a otra mujer, mirando a otra mujer.

–Tú eres todo lo que quiero, *ya habibati*. Durante cuatro meses solo he pensado en ti, en esa noche. Y esta vez te daré un placer como ningún otro que hayas conocido antes.

–¿Incluso más que esa noche?

Él sonrió posesivamente. Le gustaba tanto que fuese tan sincera. Su curiosidad y su innato entusiasmo siempre triunfarían sobre sus miedos.

–Sí, mucho más –le prometió.

Sosteniéndole la mirada, Amira tiró con cuidado del vestido, dejándolo caer sobre sus pechos.

La prenda roja que llevaba debajo era de una seda muy fina, casi transparente, y tremendamente provocativa. El escote apenas cubría sus pezones.

Adir tragó saliva cuando movió las caderas para dejar que el vestido se deslizase hasta sus pies. La enagua roja terminaba muy por encima de sus rodillas, desnudando sus muslos y apenas escondiendo su sexo.

Amira se dio la vuelta para tomar el vestido del suelo y, en el proceso, le dejó ver sus nalgas. Él sonrió, preguntándose si debía hacérselo notar.

Pero ver su trasero desnudo mientras se inclinaba era más de lo que podía soportar. Quería agarrarla, empujar su cabeza sobre la alfombra y enterrarse en ella por detrás sin esperar un segundo más.

Adir tuvo que hacer un esfuerzo sobrehumano para no levantarse del diván.

No, esa noche no. Su mujer era aventurera, pero quería ir paso a paso.

En otro momento, se prometió a sí mismo, cuando ya no estuviese embarazada, la cubriría así. La tomaría por detrás, en esa posición dominante, pero lo haría con cuidado porque la posibilidad de hacerle daño era tan insoportable como alejarse del desierto, el único hogar que había conocido nunca.

Amira era un reto para sus más bajos instintos, pero como si quisiera torturarlo, se irguió tranquilamente para dejar el vestido sobre el respaldo de un sillón y solo entonces se volvió hacia él.

Adir no sabía qué había visto en su cara, pero dejó escapar un largo suspiro, como preparándose para una difícil tarea. Clavando los ojos en él, se llevó una mano al vientre y le preguntó:

—¿Te gusta?

—Mucho.

—¿Recuerdas cuando fui con Zara a la ciudad? Wasim se puso colorado y salió corriendo al ver que nos deteníamos frente al escaparate de una lencería. Le advertí que no debería seguirnos tan de cerca, pero no me hizo caso.

–De haber sabido que tenías eso en mente, te habría llevado yo mismo. Y tu seguridad no es algo que debas tomarte a la ligera, Amira. Prométeme que lo recordarás.

–Lo haré –le prometió ella, muy seria–. No te pedí que me llevases porque quería darte una sorpresa. Hay ciertas cosas que deben seguir siendo un secreto entre marido y mujer. Incluso Humera está de acuerdo.

Él torció el gesto, sabiendo que estaba de nuevo tanteando el terreno, viendo hasta dónde podía empujarlo antes de que se apartase.

–En asuntos de lencería, mantén tus secretos, Amira. Pero solo en eso.

–Solo en eso –asintió ella, dando un paso adelante hasta colocarse entre sus muslos, rozándolo con sus pechos.

Así no iba a funcionar, pensó Adir. No en ese estado. Le haría daño si no encontraba alivio pronto y eso era inaceptable.

Sabía que Amira se le había metido bajo la piel, que algo en él estaba cambiando para incluir a aquella mujer. Que, poco a poco, Amira estaba haciéndose un sitio en su corazón.

Y para un hombre que no había conocido el amor, salvo en las cartas de una mujer solitaria, para un hombre que había conquistado el desierto y los duros retos que representaba, esa idea era totalmente abrumadora porque escapaba a su control.

La piel de Adir era como ardiente terciopelo, duro y suave al mismo tiempo. Y el roce contra su piel desnuda, la fricción de sus muslos cubiertos de masculino vello… Amira tuvo que contener el aliento.

Sus pezones se marcaban bajo la fina seda roja, rozando el torso de Adir. Y su erección… su erección era fuego y acero presionando contra su vientre.

Las sensaciones la abrumaban y cerró los ojos, dando la bienvenida a aquel asalto. La acarició por todas partes con dedos fuertes, ásperos, mientras el chupetón del cuello latía, un contraste de dolor que hacía que el placer fuese mucho más poderoso.

Amira hundió los dedos en su pelo y respiró su masculino aroma. Era como estar en el cielo. Como haber encontrado un refugio, su refugio.

—Eres pura seda —dijo él, mascullando algo que no entendió mientras agarraba el escote de la camisola roja para rasgarla de arriba abajo.

Arqueando la espina dorsal, Amira agarró su cabeza cuando él tomó un pezón entre los labios.

Adir lamió y besó el pezón, haciendo que se apretase contra él para recibir sus caricias. Cuando lo mordió suavemente, ella apretó su cabeza en un gesto frenético y él se rio, un sonido lascivo y excitante, antes de cerrar la boca de nuevo sobre el pezón para hacer lo que ella le urgía a hacer, lo que le suplicaba que hiciese. Chupó con fuerza, tirando con los labios hasta que Amira sintió un reguero de humedad permeando sus muslos. Era tan lujurioso, tan perverso…

Él movió la boca al otro pecho, lamiendo, chupando y tirando del pezón mientras acariciaba el otro con la mano.

Amira apretó los muslos sin ninguna vergüenza, la humedad se estaba convirtiendo en un torrente que exigía más presión. Sin darse cuenta, dejó escapar un sollozo. Lo necesitaba dentro de ella tan desesperadamente…

—Por favor, Adir. Te necesito dentro de mí, ahora.

–No, aún no. Cuatro meses es demasiado tiempo, *habiba*. Lo siento, Amira, lo siento.

Ella no sabía por qué estaba disculpándose y le daba igual. Adir nunca le haría daño a propósito. Estaba tan convencida de eso que lo seguiría al fin del mundo.

–Me siento vacía si no estás dentro de mí.

Sus movimientos se volvieron urgentes, crudos. Deslizó las manos por sus hombros hasta su cintura y más abajo, hasta el borde de la desgarrada camisola roja.

Adir dejó escapar un rugido cuando puso las manos sobre sus nalgas.

–No llevas bragas –susurró sobre un húmedo pezón.

–No, la vendedora dijo que no hacía falta…

No pudo terminar la frase porque él tiró de la rasgada prenda para desnudar su sexo por fin. Amira anhelaba tener sus dedos y su erección allí. El deseo era tan poderoso que estaba a punto de tomar su mano y empujarlo dentro de ella.

Pero, por supuesto, Adir tenía otros planes.

En silencio, tomó su mano y la puso sobre su erguido miembro.

–Acaríciame –le ordenó.

Y su deseo era tan potente que Amira olvidó las demandas de su cuerpo. Apoyando la frente en el valle de entre sus pechos, Adir parecía tener que hacer un esfuerzo para respirar.

Había tal fervor, tal deseo en esos ojos de color ámbar que habría hecho lo que le pidiese para satisfacerlo, para empujarlo al abismo. Para ser ella y solo ella por quien perdiese el control por completo.

–Dime cómo. Quiero darte placer. Dime cómo hacerlo, Adir.

Ahora era Amira quien daba órdenes. Sentía la urgente necesidad de ser ella quien le diese el alivio que tanto anhelaba.

¿Por qué estaba luchando? ¿Por qué se contenía? ¿No sabía que era como masilla entre sus manos?

–Si lo hago –murmuró él sobre su pecho–, si pongo una mano sobre la tuya para que me agarres con fuerza, para que me acaricies como a mí me gusta, me correré enseguida.

Esa expresión hizo que Amira se pusiera colorada, aunque ya estaba explorándolo con los dedos.

–No me importa.

–Cuatro meses es mucho tiempo para un hombre. Si estoy dentro de ti, será demasiado rápido.

–¿No has estado con nadie en todo este tiempo? –le preguntó ella, sintiendo algo en el pecho a lo que no podía poner nombre.

–No.

Solo eso, un monosílabo, ninguna explicación, ninguna concesión. Tan típico de él.

Amira se pasó la lengua por los labios, y dejando escapar un ronco gemido, él se apoderó de su boca en un beso crudo, apasionado.

–Si te corres en mis manos… –empezó a decir ella. Se negaba a usar eufemismos y fue recompensada con una perversa sonrisa–. ¿Cuánto tiempo tiene que pasar hasta que puedas volver a hacerlo?

Adir soltó una carcajada que seguramente habría resonado por todo el campamento.

–Eres un poco egoísta, ¿no?

Amira se encogió de hombros.

–Solo quiero saber si te quedarán fuerzas. Ya sabes, el matrimonio es un compromiso, un toma y daca.

Adir la besó de nuevo, un beso suave, lento, casi reverente. Como si no supiera qué hacer con ella.

El brillo de sus ojos la dejaba sin aliento. Adir no era un hombre de muchas palabras, pero sentía algo por ella, estaba absolutamente segura.

Tal vez solo una pequeña chispa, pero estaba ahí.

—Lo haremos despacio. Me tomaré mi tiempo dentro de ti, te recompensaré muchas veces.

—Ah, eso me gusta.

En cuanto hubo pronunciado esas palabras, Adir puso una mano sobre la suya y le enseñó a bombear arriba y abajo una y otra vez mientras la aterciopelada cabeza empujaba contra su vientre. Mientras, con la otra mano, acariciaba sus nalgas, tomando lo que necesitaba de ella.

Solo de ella, solo con ella.

Amira no habría podido cerrar los ojos aunque le fuese la vida en ello, pero él sí lo hizo, empujando las caderas hacia delante mientras lo acariciaba con la mano, llevándolo al delirio.

Sus jadeos, su piel brillante de sudor, los tendones de su cuello marcados. Era algo que jamás olvidaría.

Sus embates se volvieron cada vez más rápidos, menos contenidos, su expresión más descarnada a medida que Amira aumentaba el ritmo hasta que…

Adir dejó escapar un gemido gutural y cayó estremecido entre sus brazos.

El torrente de su alivio empapaba su vientre y eso la excitó como nunca.

Amira suspiró, admirada. ¿Cómo podía darle eso tal satisfacción? Tal vez porque en ese momento lo veía con un atisbo de vulnerabilidad cuando él no era un hombre vulnerable.

La intimidad del encuentro, cómo la abrazaba

mientras perdía el control. En ese momento, Amira sintió que era suyo. Solo un poco, pero solo suyo.

No era el jeque de las tribus beduinas, ni un empresario, ni el hijo descartado de la reina Mamani o el hermanastro de Zufar.

Solo era su marido, el hombre al que amaba con todo su corazón.

Sonriendo, Amira depositó un tierno beso en su frente.

—¿Esto es lo que sientes cuando me llevas al orgasmo?

Él levantó la mirada y ese atisbo de vulnerabilidad, que no se había imaginado, desapareció, reemplazado por una perversa sonrisa que derritió su corazón un poco más.

Si tenían un niño, esperaba que heredase la sonrisa de su padre. Ese destello de travesura que Adir escondía bajo el manto de deberes y responsabilidades por el árido desierto y su gente.

—Es como si estuviera en la cima del mundo cuando gimes, cuando te derrites entre mis brazos. Es como… —Adir la tomó por la cintura para sentarla a horcajadas sobre sus caderas y, antes de que se diera cuenta, estaba entrando en ella.

—Adir…

Amira se agarró a sus hombros mientras el aterciopelado calor de su miembro la llenaba por completo.

—Siento que puedo conquistarlo todo cuando te hago gemir de placer. ¿Eso es suficiente para satisfacer a mi jequesa?

—Ah —Amira no pudo decir nada más porque él se enterró hasta el fondo con una profunda embestida.

—¿Te he hecho daño?

—No, por favor, no te apartes.

–No lo haré –murmuró él, apartando tiernamente el pelo de su frente antes de buscar sus labios en un beso cálido, lento, una fusión de algo más que sus cuerpos. La besaba como si fuera algo precioso para él, como si no pudiera soportar la idea de apartarse. Como si sus besos pudieran decir cosas que él no podía decir–. Relájate, *habiba*. Escucha a tu cuerpo.

Ella tomó aire mientras se movía arriba y abajo. En esa postura lo sentía hasta el fondo y el placer explotaba en su bajo vientre, en sus muslos. Era como si estuviese hecha de miel.

–¿Ahora sí? –susurró Adir.

Ella sonrió mientras arqueaba la espalda para frotar sus pechos contra el torso masculino.

–Ahora es como estar en el cielo.

Adir la tumbó sobre el diván y empujó las caderas hacia delante hasta quedar acoplado con ella tan profundamente que Amira no podía respirar. Jadeando, pasó las manos por los tensos músculos de sus hombros, por la espalda cubierta de sudor, por los marcados tendones del cuello, hasta rozar con las uñas los diminutos pezones oscuros.

Él se sometió a sus caricias, como si fuera su derecho, y Amira lo amó más por ello.

–¿Debo enseñarte a tocarte como te he enseñado a tocarme a mí?

Ella abrió mucho los ojos.

–¿Quieres que me toque?

Adir esbozó una deliciosa sonrisa.

–Solo cuando yo esté ahí para disfrutarlo.

–¿Y tú? ¿Solo te darás placer a ti mismo cuando yo esté a tu lado?

–Espero no tener que hacerlo ahora que te tengo a ti. Y antes de que discutas, en esta postura sería mejor.

Adir tomó su mano y la colocó entre sus cuerpos, guiando sus dedos hasta el sitio donde ella anhelaba tocarse.

Amira arqueó la espalda mientras acariciaba ese sitio tan sensible, excitada al saber que él estaba mirando.

–Sigue haciéndolo cuando esté dentro de ti –dijo Adir con voz ronca.

Más que contenta de ser su alumna, Amira olvidó todas sus inhibiciones.

–Muévete como quieras.

La tensión crecía cada vez más en su vientre mientras él empujaba adelante y atrás y ella se frotaba a sí misma hasta que no pudo más y le echó los brazos al cuello. Pero, como si conociera su cuerpo y sus necesidades mejor que ella, Adir aumentó el ritmo de sus embestidas.

Amira no sabía si estaba pisando suelo firme o volando. Sus pechos saltaban arriba y abajo y, cuando él chupó un pezón sin dejar de embestirla, se rompió en mil pedazos.

Gritó su nombre, experimentando una felicidad desconocida, y Adir se levantó del diván y, sin apartarse de ella, la llevó a la cama. Levantó su trasero con las dos manos y se deslizó en ella una y otra vez, con cortas y rápidas embestidas.

Poco después también él tuvo que dejarse ir y, de nuevo, Amira experimentó una intensa satisfacción al ver el placer en su rostro, al sentir su abrazo, mientras el aroma del sexo permeaba el aire.

Su corazón se llenó de amor cuando él le rozó el labio inferior con la yema del pulgar, como si aún no pudiera apartarse. Cuando agarró una toalla de algún sitio y la limpió entre las piernas como si lo hubiera hecho mil veces y fuese a hacerlo mil veces más.

Cuando le dio un suave beso en la mejilla, atrayéndola hacia sí, cuando puso una mano sobre su vientre mientras le preguntaba si estaba bien.

Estaba bien, mejor que bien.

Porque, por primera vez en la vida, sentía que estaba en casa, en su sitio.

Capítulo 9

DOS SEMANAS después de la boda, Adir se preguntaba por qué había esperado tanto para casarse. Como Humera, Zara y Wasim, que se había convertido en el mayor defensor de Amira, le recordaban a menudo, era ella quien hacía que la institución del matrimonio fuese tan agradable.

Al parecer, no había nadie en el campamento que no adorase a su esposa.

Adir tampoco le encontraba defectos, aunque en realidad no los había buscado. En esas dos semanas, su mutuo deseo había crecido y le pidiese lo que le pidiese, o lo que quisiera hacerle, su mujer aceptaba encantada.

Las únicas quejas en un matrimonio casi perfecto eran las constantes peleas porque Amira no se cuidaba lo suficiente y el tema del que le había prohibido hablar, la reina Namani y sus otros hijos.

Más de una vez había visto la pregunta en sus ojos, algo que quería decir cuando mencionaba una carta de su madre o su pasado, pero le había prohibido mencionarlo siquiera.

Con los ojos llenos de tristeza, ella le había dicho:

«Nunca seremos felices si no nos enfrentamos juntos a tu pasado».

Él no estaba de acuerdo. Tenían una vida perfecta y hablar de su difunta madre o de sus otros hijos no iba a mejorarla.

Por otro lado, cuando se trataba de la salud de Amira, Adir sabía que estaba siendo irracional. Insistía en que debía descansar durante el día por el calor, que debía comer y dormir más. Por supuesto, su mujer lo desafiaba. Lo llamaba «bruto» y «carcelero» porque le había prohibido salir de la tienda cuando supo que había sufrido una pequeña insolación.

Incluso había sugerido que se fuera a su residencia de la ciudad, pero ella se negaba a marcharse.

—Yo pienso tener al menos tres o cuatro hijos. ¿Y qué vas a hacer tú, enviarme a la ciudad y tenerme confinada durante la próxima década? ¿Quieres que vivamos separados? —le había preguntado, abrazándolo.

Como no estaba acostumbrado a los gestos de afecto y nunca se le ocurría tocarla fuera de la cama, Adir se puso tenso.

—¿Tres o cuatro hijos?

—Yo odiaba ser hija única y quiero una familia grande —le había dicho—. ¿Tú no quieres tener más hijos?

—La verdad es que no lo había pensado.

—Pero quieres ser padre, ¿no? No habíamos planeado este hijo, pero…

—Claro que quiero ser padre, pero preferiría planear juntos nuestras vidas, no ser informado de tus planes.

Ella lo había fulminado con la mirada, la única persona que se atrevía a hacerlo.

—¿Y cuál es mi papel en todo esto? ¿Esperar pacientemente a que tú decidas volver a dejarme embarazada? No soy tu súbdita, Adir, soy tu mujer.

—Y, como mi mujer, debes obedecerme. En cuanto a los cuatro hijos, me lo pensaré.

Y entonces, por supuesto, Amira había dicho lo único que él no quería escuchar:

—Imagínate lo diferente que habría sido tu vida si hubieras crecido con Zufar, Malak y Galila…

Adir había salido de la tienda sin decir nada más y no había vuelto esa noche porque su obstinada esposa era como un perro con un hueso que no quería soltar, sacando el tema de la reina y sus hermanastros, plantando dudas en su mente.

«Compartir tu vida conmigo no te ha hecho peor gobernante, ¿no?».

«A tu gente le gusta verte feliz».

«La reina Namani se equivocó al hacerte creer que tenías que hacer esto solo. Ojalá me dejases compartir contigo lo que sé sobre tus hermanastros. O sobre ella».

Insistía continuamente, aunque Adir no sabía con qué fin.

¿Pensaba que nunca se había preguntado cómo habría sido su vida teniendo una familia? ¿Compartiendo las alegrías y las penas con sus hermanos?

Pero él no había tenido esa oportunidad. Se le había negado todo y cuando lo pidió, cuando exigió su sitio, Zufar había dicho que era una mancha en la familia.

Lo único que lo había sostenido cuando era niño eran las cartas de su madre. Aparte de eso, solo había podido contar consigo mismo.

Con nadie más.

Nunca había recibido nada que no se hubiera ganado a pulso, nada que no hubiese luchado para conseguir, y cada vez que Amira lo miraba con ese algo indefinible en los ojos, Adir quería salir corriendo.

Estaba haciéndole daño, aunque se había prometido a sí mismo no hacerlo nunca. Y, como no encontraba solución, se alejaba.

Cuando volvió al campamento la noche anterior, después de haber estado fuera dos días, ella estaba seria, silenciosa, una sombra de sí misma. Y, cuando le ordenó que fuese la persona de siempre, ella esbozó una triste sonrisa que le encogió el corazón.

–¿Esto es lo que vas a hacer cada vez que no esté de acuerdo contigo, dejarme sola durante días para luego volver ordenando que sonría y sea feliz? ¿Exigiendo que te reciba en mi cama?

Adir no sabía qué decir. En sus previas relaciones, las mujeres no esperaban nada de él más que lo que quisiera darles. Nunca había recibido cosas que no se hubiese ganado o hubiese pedido, como confianza y afecto, y no sabía cómo corresponder a la generosidad de Amira.

A los veintiún años se había convertido en jeque y ese era el papel que había hecho desde entonces. Nadie lo cuestionaba, nadie exigía su tiempo o su atención.

Sabiendo que Amira estaba triste por su culpa e incapaz de soportar verla tan desolada, se había disculpado mientras la llevaba a la cama.

Esa noche no hicieron el amor. Porque, aunque deseaba estar dentro de ella, no quería darle la razón. No quería ser el hombre que dejaba a su esposa fuera de su vida, pero la buscaba para aliviarse con el sexo.

Adir no quería ser ese hombre, pero no sabía cómo cambiar. Era como si hubiese un muro entre él y el resto del mundo, un muro que había sido erigido, ladrillo a ladrillo, por las palabras de la reina Namani.

¿Tendría razón Amira? ¿Habría sido egoísta su madre?

Se odió a sí mismo por dudar de ella, de modo que

se limitó a abrazar a Amira mientras ella le echaba los brazos al cuello.

Cuando el sol empezó a asomar en el horizonte intentó estimularla con tiernos besos. Se había despertado excitado, como de costumbre, y empujó su erección hacia las suaves nalgas mientras la besaba en la espalda.

Aunque el sentido común le advertía que su frágil esposa necesitaba descansar, no podía evitarlo. Pero en cuanto rozó sus pezones y abrió lentamente sus pliegues para ver si estaba húmeda, ella dio un respingo y le preguntó qué estaba haciendo.

Adir vio que tenía ojeras y parecía demacrada. Un poco avergonzado, se disculpó y le pidió que descansase.

A lo que su «obediente» esposa respondió que ya no podía volver a dormirse porque estaba excitada. ¿Y pensaba marcharse y dejarla tocándose para volver a conciliar el sueño?

–Amira, te necesito –susurró Adir. Una admisión que no solía hacer.

Y su generosa esposa se había vuelto hacia él con los ojos adormilados brillantes de afecto y de ternura.

–Nunca te negaría nada, Adir. Anoche tampoco lo hice.

–Lo sé –susurró él mientras besaba cada centímetro de su cuerpo, disculpándose en silencio una y otra vez por todo lo que no podía darle, por todo lo que no era capaz de darle.

Sonrió sobre su pelo, experimentando una profunda satisfacción mientras entraba en ella.

Sus músculos internos lo apretaban y soltaban con un ritmo que provocaba un hormigueo en sus muslos y su vientre hasta que los dos se dejaron ir.

No sabía cómo la bruja de su mujer lo había mani-
pulado para hacer lo que no había querido hacer. Solo
había querido acariciarla.

Jadeando como si hubiera corrido una maratón, se
apartó para colocarla sobre su torso y, como un imán,
la palma de su mano voló a la curva de su vientre.

–¿Va todo bien? –le preguntó al oído mientras acariciaba su pelo.

Cuando ella no respondió, Adir le levantó la cara
con un dedo, pero Amira no lo miraba a los ojos.

Su corazón amenazaba con saltar de su pecho, de
miedo o de felicidad, no tenía ni idea. Era una sensación que no había experimentado nunca.

–¿Qué ocurre, Amira? ¿Te he hecho daño?

En sus ojos adormilados había tal anhelo que Adir
se incorporó de un salto. No quería ver tanto afecto en
sus ojos porque no podría devolvérselo y de ningún
modo querría hacerle daño.

No sabía cómo manejar una relación en la que se le
exigía tanto. Ningún familiar, ningún amigo había sido
parte de su vida. Nadie le había exigido nada.

Incluso Humera, que lo había criado desde niño, se
había vuelto distante en la última década porque creía
en el respeto debido a su posición como jeque.

Y Amira… la mitad del tiempo no sabía qué hacer
con ella. Quería envolverla en sus brazos, mantenerla
a salvo a toda costa. Pero amarla, si supiera hacerlo,
lo convertiría en un hombre débil. Lo que necesitaba,
lo que los dos necesitaban, era poner cierta distancia.

No estaba dispuesto a admitir que anhelaba una
conexión familiar, que tras el reconocimiento que le
había exigido a Zufar estaba la desesperada necesidad
de encontrar su sitio en el mundo.

–Me siento un poco avergonzada –dijo Amira entonces, apartándose.

–¿Avergonzada por qué? –le preguntó él mientras se ponía un pantalón de pijama.

En ese momento, un guardia llamó a Adir desde la puerta de la tienda y Amira, a toda prisa, se cubrió los pechos desnudos con la sábana.

Él sacudió la cabeza.

–No se atrevería a entrar, pero tiene que ser algo importante para que se haya atrevido a molestarme. Quédate en la cama y duerme un rato. Nos veremos después.

–¿Cuándo?

El guardia volvió a llamar a Adir con tono urgente y él respondió mientras se vestía. El hombre hablaba un dialecto que no le resultaba familiar, pero Amira entendió lo que decía.

En unos minutos, Adir desaparecería y se olvidaría de ella por completo. Volvería a ser el jeque, el responsable de su gente.

En su prisa por levantarse de la cama tropezó con las sábanas, pero, por suerte, Adir la sujetó a tiempo.

El impacto del duro torso masculino contra sus hinchados pechos envió un estremecimiento por todo su cuerpo. El deseo se desplegó como pétalos de una flor abriéndose bajo el sol, provocando un dulce anhelo entre sus muslos.

Veía el mismo deseo en los ojos de Adir, que la miraba con una traviesa sonrisa en los labios.

–Si quieres un beso antes de que me vaya, *ya habibati*, solo tienes que pedirlo.

–Quiero ir contigo.

–¿Dónde? –preguntó él.

–Al campamento beduino. He oído lo que decía el

guardia sobre la mujer embarazada. La vi en la ceremonia de la *henna* y no tenía buen aspecto. Estoy segura de que espera mellizos, pero Humera no dejó
que la examinase.

—Humera hizo bien. Tú no eres la enfermera del
campamento, eres la jequesa.

—Siempre seré una enfermera antes que nada,
como tú serás siempre un líder. Y si esa mujer está
sangrando no es bueno ni para los bebés ni para ella.

—La clínica móvil va de camino y Wasim llevará a
Humera para que cuide de ella mientras tanto.

—Humera tiene cien años y apenas puede tenerse
en pie —replicó Amira—. El guardia ha dicho que la
clínica móvil tardará al menos cinco horas en llegar.
Yo puedo estar allí en media hora.

—¿Cómo lo sabes?

—Le pregunté a qué tribu pertenecía y Zara me dijo
dónde estaban acampados. Quería ir a visitarla para
comprobar que todo iba bien.

—No has dormido nada esta noche y…

—¿Y de quién es la culpa? —lo interrumpió ella—.
Eres tú quien ha decidido evitarme durante los últimos dos días para luego mantenerme despierta durante horas. Pero el sexo no es la forma de resolver
nuestros problemas, Adir.

—¿Estás diciendo que te he mantenido despierta
contra tu voluntad?

—Es que… no quería decirte que no.

—Entonces, ¿tú solo has participado a regañadientes? ¿Porque lo consideras tu deber?

Amira alargó una mano para tocarle la cara. Parecía tan distante, tan furioso. Y, sin embargo, estaba
claro que la necesitaba. Necesitaba que lo desease.

No podía soportar que aceptase la relación como

una obligación. Entonces, ¿por qué no se daba cuenta de que ella sentía lo mismo? Que necesitaba ser algo más que la mujer que iba a darle un hijo, una esposa de conveniencia, un premio que le había robado a su hermanastro.

Quería ser la persona que él necesitaba, la mujer a la que amase más que a ninguna otra. Quería ser suficiente para él.

¿Por qué no podía admitir que no eran un matrimonio de conveniencia? ¿Que estaban juntos, no por el hijo que esperaban, sino porque se habían elegido el uno al otro?

Amira se abrazó a sí misma, apoyando la cara en su torso. Adir era tan fundamental para ella, tan querido…

–Pues claro que no. No era eso lo que quería decir. Cada vez que hacemos el amor pierdo la cabeza como tú, estoy tan ansiosa como tú –le dijo, levantando la mirada y esperando ver la verdad en sus ojos–. Adir, deja que vaya. Volveré mañana por la mañana.

–No puedo hacerlo –respondió él, apartándola con gesto decidido–. Porque te conozco, Amira. Si te dejo ir ahora, no habrá final. Cada vez que alguien tenga un dolor de cabeza, tú iras corriendo. Estás agotada, estás embarazada y…

–¿Por qué es malo eso? Quiero ayudar. Tú tienes un propósito en la vida y yo también quiero tener uno.

–Tu propósito es ser mi mujer y la madre de mis hijos. No tomarás decisiones sin consultarme.

–Soy enfermera y mantenerme encerrada cuando alguien necesita ayuda… nunca te perdonaré si me quitas lo que es más importante para mí.

Él la miró, incrédulo.

–¿Ser enfermera es lo más importante para ti?

–Es lo único en la vida que es solo mío, lo único que he elegido yo –respondió Amira.

Lo único hasta que conoció a un extraño a la luz de la luna y empezó a tejer tontos sueños imposibles. Lo único… antes de enamorarse de él.

–Entiendo –dijo Adir entonces, apartándose.

Amira sabía que la personalidad de su marido había sido moldeada por el duro desierto y por el retorcido afecto de una mujer débil, pero ella no era débil y tenía que demostrárselo.

–Esto es lo único que nadie puede quitarme. Pensé que tú entenderías lo importante que es para mí. Si te quitasen el liderazgo de tu gente, ¿qué quedaría de ti, Adir? No me hagas esto, por favor.

Adir nunca se habría podido imaginar que una mujer pudiese tener tanto poder sobre él. Angustiado por la salud de Amira, maniobraba el todoterreno por las dunas hacia el sitio donde el campamento Peshani había sido visto cuatro días antes.

Cuatro días antes, cuando se había despedido de su embarazada y agotada esposa, que había ido a visitar a otra mujer embarazada. Por primera vez en la vida, Adir sentía antipatía hacia la gente de las tribus y su forma de vida.

Y la carga del deber que llevaba sobre los hombros nunca le había parecido tan pesada.

Pero no había sido capaz de negárselo. *Ya Allah*, apenas había dormido y tenía cien asuntos que atender, pero allí estaba. Ni siquiera tendría que haber ido personalmente, Wasim podría haber ido a buscarla.

Desearía haber podido decir que no. Desearía atarla a su cama para que no pudiera ponerse en peligro. Decirle que, como su esposa y madre de sus hijos, debía portarse como él dictase.

Debería haber dicho que no. Incluso Humera se había quedado sorprendida de que aceptase, aunque lo hubiera hecho a regañadientes.

Pero al ver cómo le temblaban los labios, al ver la ansiedad y la ira de su expresión, tuvo que ceder. Amira se había abrazado a sí misma como si quisiera protegerse del dolor… como si quisiera protegerse de él.

Ese recuerdo hacía que se le encogiese el corazón.

Si hubiera dicho que no, algo indefinible se habría roto entre los dos para siempre. Algo que él no sabía que existiera.

Habría roto la conexión especial que había entre ellos y Adir no podría soportar ser solo otro hombre que intentaba controlarla, otro hombre que la hundía hasta dejarla triste y marchita.

Lo había visto en sus ojos. Habría perdido algo que no sabía que tenía, de modo que, a regañadientes, había dicho que sí.

Pero precisamente ese día, el jefe de la tribu que había cuestionado su derecho al liderazgo le había enviado un mensaje. Quería hablar. Adir querría darle un puñetazo en la cara, pero debía reconocer el mérito de ese gesto.

Por la razón que fuera no confiaba en él, pero por su tribu, por su gente, había decidido hablar. Como gobernante, entendía que los asuntos personales no tenían peso en la vida de un líder, algo que Adir parecía haber olvidado gracias a Amira.

¿Por qué no había vuelto como había prometido? ¿Por qué Wasim no la había llevado de vuelta como le había pedido?

¿Y cómo iba a dejar que acudiese en ayuda de alguien la próxima vez?

No podía hacerlo, pero, si se lo negaba, ¿la perdería?

¿Qué haría si perdiese su respeto, el afecto que espiaba en su mirada?

Y, si lo conservaba, ¿cuánto tiempo tardaría Amira en darse cuenta de que nunca la amaría como ella se merecía ser amada?

Que siempre sería, en su corazón, un hombre aislado de todo y de todos.

Un hombre que solo era capaz de gobernar, pero no de amar.

Capítulo 10

AMIRA no se podía creer que hubiese podido convencer a Adir para que la dejase acompañarlo a una cumbre diplomática en el vecino reino de Zyria.

Por supuesto, estaba encantada de visitar un país tan precioso, pero además sería su primera visita oficial como jequesa y estaba decidida a disfrutar cada minuto.

Aunque Adir tuviese el ceño fruncido desde que llegó al campamento Peshani para buscarla.

Cuando le contó que tenía que viajar a Zyria y ella le suplicó que la dejase acompañarlo se había preparado para una negativa. Esos cuatro días en el campamento lidiando con un difícil parto de mellizos sin equipo médico la habían dejado agotada y debía de notársele en la cara.

Había visto tal furia en su expresión al ver sus ojeras, el sudor que cubría su frente mientras cuidaba de Zareena y sus bebés, que temía que no volviese a dejarla atender a nadie.

Él le había ordenado que subiese al todoterreno sin decir una palabra más y, por una vez, Amira se había mordido la lengua, aunque eso no había servido para apaciguarlo.

Después de aceptar, a regañadientes, que lo acompañase a Zyria, se había ido de la tienda sin mirarla siquiera y Humera le había ordenado que descansase mientras ella se encargaba de hacer el equipaje.

No había dicho una sola palabra mientras iban al aeropuerto.

Ni una sola palabra mientras embarcaban en el avión privado que los llevaría a la capital de Zyria.

Ni una sola mirada en su dirección en las tres horas que duró el vuelo. Aunque, para ser justa, ella había dormido durante las dos primeras.

Cuando se despertó, tras cambiarse de ropa y arreglarse un poco, había vuelto a la cabina, pero Adir se había dirigido a ella amablemente para decirle que estaba cansado y pensaba dormir durante el resto del viaje.

Y luego amenazó con ponerla bajo arresto durante los próximos meses si no comía bien, descansaba y cuidaba de sí misma.

Después de comer una ensalada y un poco de queso, lo único que era capaz de tragar, Amira paseó por el pasillo del avión hasta que decidió que ya estaba harta.

Si Adir tenía intención de ignorarla durante los días que estuviesen en Zyria, no iba a ponérselo fácil.

Daba igual las preocupaciones que tuviese, tendrían que hablar de todo ello abiertamente. Porque no iba a dejar que su matrimonio muriese en silencio y se negaba a rendirse cuando empezaban a hacer progresos.

La habitación estaba en penumbra cuando Amira entró unos minutos después. En la cama, con un pantalón de chándal, Adir tenía los ojos cerrados y un brazo sobre la cabeza.

¿Qué iba a hacer si estaba dormido? Se volvería loca si tenía que esperar un minuto más para hablar con él.

Tal vez podría meterse en la cama y tumbarse a su lado. Sentir su corazón bajo la palma de la mano, empaparse del calor de su cuerpo, respirar su aroma.

Estaba quitándose los tejanos cuando lo oyó decir:

—Esperaba poder descansar un rato. Solo.

Amira dio un paso atrás, sorprendida. Adir no había movido un músculo ni abierto los ojos. Solo movió el brazo para señalar la puerta como si estuviera molestándolo.

Pero ella no iba a acobardarse, de modo que se quitó los tejanos.

—No voy a molestarte. Sigue durmiendo. Yo solo…

Se acercó a Adir solo con la camisa y las bragas. Era como tirar a un tigre de la cola, pero le daba igual. Necesitaba desesperadamente estar cerca de él.

—¿Solo querías qué, Amira? —le preguntó Adir, sin abrir los ojos, con la voz resonando en la pequeña habitación.

—Solo quería estar cerca de ti —respondió ella—. Sé que estás enfadado conmigo y contigo mismo y solo hablarás cuando hayas tomado una decisión, que no me mirarás siquiera hasta entonces, pero han pasado seis días desde la última vez que me miraste o me abrazaste —Amira tragó saliva, decidida a decir lo que tenía que decir—. Te echo de menos, Adir. Te echaba de menos cuando estaba con los Peshani, pero echarte de menos cuando estás a mi lado… me rompe el corazón.

Silencio total, atronador.

Si su sorpresa tomase forma, Amira estaba segura de que sería un agujero gigante, absorbiendo todo el aire de la habitación.

¿Seguía sin saber lo que había en su corazón? ¿Seguía sin saber que le pertenecía por completo?

No sabía cuánto tiempo había estado ahí, esperando que respondiese. Dolida y, sin embargo, llena de esperanza.

—No me gusta lo que me haces —empezó a decir él por fin—. Yo confiaba en que cuidases de ti misma. Me lo prometiste. Y, sin embargo, cuando te encontré en el campamento, un soplo de brisa podría haberte tirado al suelo. No es solo el bienestar de mi hijo lo que me preocupa. Es que... haces que desee encerrarte y tirar la llave. No perderte de vista nunca, no volver a dejar que atiendas a nadie. No me obligues a hacer eso, Amira.

—Yo no te obligo a nada, Adir. Y cuidé de mí misma, tienes que creerme. Fue un parto muy difícil. La primera noche no podía dormir por miedo a que se desangrase, pero no será siempre así...

—¿Siempre? ¿Sabes lo tentado que estoy de decir que no habrá otra ocasión?

—Tú no me harías eso.

—Ojalá pudiese hacerlo, pero no quiero que me mires como mirabas a tu padre, con miedo y resentimiento, así que la única forma de enfrentarse a esto es llevar el control. Tratar este matrimonio como un simple acuerdo, tratarte como a una compañera y nada más.

—Eso me mataría de igual manera.

—Es inaceptable que me importes tanto mientras que ser enfermera es lo más valioso de tu vida.

Había tal resentimiento en sus palabras que Amira dejó escapar una exclamación. ¿Pensaba que ser enfermera era más importante que él, más importante que su matrimonio, que el hijo que esperaba?

–Adir…

–Tengo que aprender a librarme de esto, del poder que tienes sobre mí.

Amira dio un último paso adelante. Sin esperar que le diera permiso, se tumbó en la cama y se apretó contra él para respirar su aroma, notando los acelerados latidos de su corazón bajo la palma de la mano.

Lo quería mucho y le dolía saber que él nunca sentiría lo mismo. ¿Se había enamorado de él la noche que lo conoció? Sí, conocer a Adir esa noche había sido enamorarse de él. ¿Por qué si no se habría entregado a él sin cuestionárselo ni por un momento, sin pensar en las consecuencias?

–Ese miedo que sientes, yo lo siento también. Te quiero tanto… eres el dueño de mi corazón, Adir. Lo has sido desde la noche que nos conocimos, cuando me miraste como si fuera lo más maravilloso que habías visto nunca. Me abrazaste con tal ternura que pensé que así era como quería que me abrazasen para siempre, así era como quería que me mirasen durante el resto de mi vida. Solo era un sueño, pero me agarré a esa noche como a un salvavidas.

Amira hizo una pausa esperando una reacción.

–¿No lo ves, Adir? Tú lo cambiaste todo, tú me cambiaste y sigues haciéndolo. Había tenido que obedecer los dictados de mi padre desde niña, no tenía identidad propia. Hacerme enfermera me dio una identidad, una razón para levantarme cada mañana. Cuando dije que era lo más importante, quería hacerte entender lo esencial que era para mí ayudar a esa mujer porque… porque temía que tampoco tú fueses capaz de aceptarme por lo que soy. Ser enfermera es importante para mí, pero no es más importante que tú o nuestro hijo, que la familia que hemos creado

–Amira dejó escapar un suspiro–. Es lo que he querido durante toda mi vida. Encontrar mi sitio y alguien a quien amar con todo mi corazón. Y no arriesgaría eso por nada del mundo.

En su silencio, Amira vio miedo. Miedo por ella, miedo de que empezase a importarle demasiado. Un miedo que necesitaba controlar, suprimir.

Esperó durante una eternidad con el corazón en la garganta, pensando cuánto se había arriesgado al decirle lo que significaba para ella.

Si la rechazaba, si seguía sin mirarla, ¿cómo podría soportarlo?

Después de lo que le pareció un siglo, Adir se dio la vuelta.

Calor. Fuerza. Corazón.

Era todo lo que siempre había soñado. Allí, en ese momento, con ella. Y, sin embargo, fuera de su alcance.

Su hermoso rostro estaba en sombras mientras la estudiaba en silencio y Amira cerró los ojos, temiendo lo que pudiese ver en los de Adir.

O lo que no viese.

–Quiero creerte, pero nunca he recibido tal regalo y no sé qué hacer con él. Nunca sabré cómo devolverlo –dijo él entonces.

Y así, en un segundo, el corazón de Amira se rompió en pedazos. Pero no se rindió. Nunca se rendiría porque por fin lo entendía. Porque el hombre al que amaba era tan valiente, tan honorable, con un corazón tan grande, aunque él lo negase.

¿Cómo iba a amarlo menos después de esa admisión?

Sus manos se movieron como por voluntad propia para acariciar los tensos hombros, la piel como duro terciopelo, el vello de su torso, la garganta, la sombra de barba. Cada centímetro de su cuerpo era muy querido para ella.

El amor que sentía por él le dio valor para arriesgar su corazón.

—Quiero ser tu jequesa de verdad. Ya comparto el amor que sientes por tu gente, tu pasión por el desierto. Me siento orgullosa de estar a tu lado. Yo te elegí, Adir, sabiendo que… –Amira tuvo que aclararse la garganta–. Sabiendo que eras un hombre complejo y obstinado. Sabiendo la verdad sobre ti. Elegí esta vida contigo aun sabiendo que a veces es dura y a veces maravillosa. Lo único que te pido es que me dejes tener un poco de algo que me apasiona. La enfermería me dio una identidad cuando no tenía ninguna, pero ahora mi identidad está atada a ti.

Esa sincera declaración reverberó en el silencio. El aire parecía tan cargado de tensión que Amira sintió que estaba ahogándose.

Y entonces Adir alargó una mano hacia ella, lenta, suavemente, rozándola con su aliento.

—Te eché de menos cuando estabas fuera. Te echo de menos cuando no estás a mi lado. Quiero hacerte feliz, Amira.

Ella intentó contener el sollozo que amenazaba con escapar de su garganta. Parecía haber tenido que hacer un esfuerzo sobrehumano para admitirlo, pero al menos lo había hecho.

—Me haces feliz. Incluso cuando quiero estrangularte, me haces feliz.

Amira esperó conteniendo el aliento, pero él siguió acariciándole el su pelo casi con reverencia.

No dijo nada más.

Qué tonta era por pensar que Adir iba a corresponderla. ¿Cuándo iba a aceptar que su marido nunca admitiría que sentía algo por ella?

¿Era culpa suya cuando había sido condicionado por las venenosas palabras de su madre? ¿Cuando veía el amor como una debilidad que llevaba al fracaso?

Tal vez su amor nunca sería suficiente para superar la sombra del pasado. Por eso debía vivir el momento; el presente era lo único que iba a tener con él.

–¿Adir?

Él le acarició el pelo con la yema de los dedos, casi con indiferencia. Como si aún no se hubiera recuperado de su declaración de amor.

Pero, cuando pasó los dedos por sus pechos, el aliento que Amira había estado conteniendo escapó de su garganta en un gemido ahogado.

Sus ojos se habían empañado y tuvo que hacer un esfuerzo para no llorar. No iba a suplicarle que la amase.

¿Sabría cuánto le había dado? ¿Ella, que había temido no encontrar nunca a un hombre que la viese como era y la amase como era?

Cuando Adir inclinó la cabeza para besarla, Amira intentó olvidar su angustia y dejó que sus labios se llevasen las dudas y los miedos.

Cuando se colocó sobre ella sin decir una palabra, sin reconocer su declaración de amor, intentó endurecer su corazón.

Eso era todo lo que iba a darle porque no era capaz de poner en palabras lo que sentía por ella.

Su deseo, su respeto, su lealtad, eso era lo único que iba a tener de Adir. Y debía decidir si era suficiente.

Cuando él le desabrochó la camisa y acarició sus

pechos con urgencia, Amira intentó convencerse a sí misma de que el insistente latido que creaba en su vientre era todo lo que necesitaba.

Cuando entró en ella con desesperación, besando sus pechos, se dijo a sí misma que lo único que necesitaba era estar a su lado.

Cuando la desnudó y la besó por todas partes, cuando sintió su aliento acariciando el interior de sus muslos, cuando separó los húmedos pliegues de su sexo con los dedos y lamió el sitio que latía por él, cuando lo envolvió con sus labios mientras ella se retorcía de placer, cuando entró en ella, haciéndola suya, cuando se derramó en ella con tal intensidad que su aliento era como el bramido de una tormenta, Amira intentó decirse a sí misma que aquello era suficiente.

Que le importase su hijo era suficiente.

Que intentase aceptarla como era, que intentase no controlarla era suficiente.

Que la llevase al paraíso cada vez que la tocaba era suficiente.

No necesitaba su amor.

Se repetía eso una y otra vez hasta que, por fin, el sueño la rindió.

Capítulo 11

AMIRA nunca se habría imaginado que Adir pudiera ser un compañero tan ingenioso y divertido. Y tampoco que el viaje a Zyria hubiera sido planeado. La conferencia no empezaría hasta tres días más tarde y tenía todo un itinerario planeado. Cuando se lo contó, Amira le había tirado una almohada.

Pero se sentía feliz. Que hubiese preparado todo aquello, que le dedicase tanto tiempo, era maravilloso. Y más aún estar con un hombre que la trataba como a una reina.

Haciendo realidad todos sus deseos, dándole todos los caprichos.

No recordaba cuándo podría haber mencionado su interés por ver el campus de la famosa universidad Al-Haidar, fundada cuatrocientos años antes, pero Adir había organizado una visita exclusiva con el decano, un hombre serio y estricto que le recordaba a Humera.

Había pensado que la enviaría con un guardaespaldas e iría a buscarla por la tarde, después de haber atendido sus asuntos, pero había ido con ella y mostró un gran interés durante la visita.

Ni siquiera había fruncido el ceño cuando Amira admitió que siempre había querido ampliar sus estudios de enfermería quirúrgica, algo de lo que ni siquiera Zufar hubiera podido convencer a su padre.

Adir respondió que hablarían de ello cuando los cuatro hijos que ella quería tener estuviesen en el colegio y Amira lo había abochornado abrazándolo delante de los guardaespaldas.

Al día siguiente, habían ido de compras. Amira perdió la cuenta del número de vestidos y joyas que le había comprado en las mejores tiendas de la ciudad. Después, organizó una cena privada en la planta ciento cuarenta de un restaurante giratorio, reservado solo para ellos dos.

Y las noches… las noches en la enorme cama de la lujosa suite, iluminada por las luces de la ciudad, estaban siendo inolvidables.

En esas tres semanas de matrimonio se habían llevado al límite del deseo de todas las formas posibles. Él estaba sorprendido y feliz, le había dicho en una ocasión, de que fuese tan atrevida.

Adir la animaba a librarse de sus inhibiciones hasta que desfilaba por la suite del hotel completamente desnuda sin ruborizarse siquiera.

Era como si nada pudiera satisfacerlo salvo experimentar el desenfreno de todas las formas posibles, en todas las posturas.

Ni siquiera se había puesto colorada cuando él la puso de rodillas frente a la chimenea una noche y la penetró por detrás, tirando de su pelo con una mano, pellizcando su clítoris con la otra mientras susurraba que hacerle el amor así era una fantasía hecha realidad.

¿Cómo podía sentir algo más que glorioso placer cuando estaba tan profundamente enterrado en su cuerpo que parecía parte de ella?

Solo había protestado un poco cuando la desnudó frente a los enormes ventanales de la suite, con una espectacular vista de la ciudad.

Adir la envolvió en sus brazos y la llevó al borde del orgasmo con los dedos. Cuando le suplicó que entrase en ella, le dio la vuelta y, con los pechos aplastados contra el frío cristal y el panorama de luces y sonidos ante ella, el clímax había sido portentoso.

Le hacía el amor como un hombre poseído, pero después la envolvía tiernamente en el capullo de sus brazos. Hablaban sobre el futuro, sobre los hijos que iban a tener, sobre dónde vivirían en el verano y el invierno. Incluso compartió con ella sus preocupaciones sobre las tribus y el clima político.

Hablaban de todo, salvo de su pasado.

El pasado era como un océano entre ellos, tragándose todo lo demás.

Durante esos tres días, Adir se había dedicado exclusivamente a ella. Estar solos, alejados de las tribus, del mundo, debería haber sido un paraíso. Y lo era, pero Amira quería salvar ese océano. Tenía las palabras en la punta de la lengua, pero no era capaz de pronunciarlas. No era capaz de desnudarle su alma, pero los carísimos regalos, las cenas… era como si estuviese intentando compensarla por la única cosa que no podía darle.

No era lo mismo en absoluto, pero Amira fingía que lo era con la esperanza de que algún día fuese real. Pensar de otro modo sería una tortura y ella siempre había buscado el lado bueno de las cosas en lugar de ahogarse en sus tribulaciones.

No podía dejar que su amor por Adir la destruyese y destruyese su matrimonio.

Al día siguiente empezaba la conferencia y Adir estaría muy ocupado. Más de cinco países iban a sentarse para discutir un tratado sobre los derechos sobre las tierras y el petróleo y él redoblaría sus esfuerzos para proteger a los beduinos de los gobiernos que querían quitarles sus tierras y su ancestral forma de vida.

–Es la primera vez que acudo con mi jequesa y habrá mucha curiosidad porque todos saben que eras la prometida de Zufar –le había dicho unos minutos antes mientras le acariciaba el pelo.

Amira frunció el ceño.

–Espero no defraudarlos.

–No tengo duda de que serás un éxito.

Esperaba que tuviese razón y, por primera vez en la vida, agradecía las interminables clases de protocolo y política local que había soportado.

Cada noche, Adir le informaba de cómo habían ido las reuniones y Amira prestaba atención a todos los detalles. Él compartía sus pensamientos, fuesen sobre negocios o sobre política, y eso dejaba claro que respetaba su opinión.

Esa noche tendría lugar una cena oficial y, cuando el mundo entero la viese a su lado, quería que viesen lo orgullosa que se sentía de su marido.

Había elegido un elegante vestido de seda en color verdemar que creaba una larga silueta sin destacar su abultado vientre. Una peluquera del hotel se encargó de su peinado, creando una melena suelta que caía en ondas sobre sus hombros, aunque ella sabía que las ondas se alisarían en cuestión de horas.

Como había comido bien esos días, ya no estaba demacrada y, en lugar de maquillaje y colorete, se puso unos polvos de color y un toque de brillo en los labios.

El único adorno que llevaba era el discreto collar de diamantes que Adir le había regalado esa mañana.

La puerta de la habitación se abrió cuando estaba dándose los últimos toques con la brocha.

Adir estaba tras ella, mirándola con un brillo travieso en los ojos. Esa noche iba vestido con un traje de chaqueta tradicional, la camisa blanca en contraste con su piel morena.

Estaba muy guapo, tan cómodo con un traje occidental como con las túnicas blancas que solía llevar en el desierto.

Fuera quien fuera su padre, era un líder nato, lo llevaba en la sangre. ¿Por qué no se daba cuenta?

—Deberías haber dejado que te comprase el otro collar.

Adir había querido comprarle un ostentoso collar de esmeraldas, pero no era del gusto de Amira.

Sonriendo, él tomó su mano para darle un beso en la palma y el aroma de su colonia combinado con su propio olor hizo que sintiese un cosquilleo entre las piernas.

—Me gusta este. Y me gusta que lo eligieras tú –le dijo, mirándolo a los ojos–. Eso demuestra que…

Amira no terminó la frase al ver que Adir se retraía, como ocurría siempre que intentaba hablarle de su amor.

—¿Qué?

—Nada.

Adir inclinó la cabeza para besar su cuello, pasando las manos por su vientre. No había nada sexual en esos besos o en cómo la abrazaba, solo era un gesto de afecto.

—Dímelo de todas formas.

Amira hundió los dedos en su pelo.

—Que eligieras este collar significa que me conoces. Y eso es más importante para mí que el diamante más caro del mundo.

Él pareció algo sorprendido. Se quedó inmóvil un momento y, después de darle un rápido beso en los labios, se apartó, haciendo un gesto de asentimiento con la cabeza.

—Tienes el brillo de las mujeres embarazadas —murmuró, poniendo las manos en su vientre de nuevo—. Estás cada día más grande.

Amira arrugó la nariz y le dio un golpe con el bolsito de mano.

—Eso no se dice.

—Oye, que no me estoy quejando. Podrías ponerte como un globo y seguirías pareciéndome preciosa.

—Yo diría que el brillo se debe a los orgasmos que tú me proporcionas.

Cuando él soltó una carcajada, Amira guardó ese sonido en su corazón.

—Entonces, tendré que seguir proporcionándotelos. ¿Estás lista, mi jequesa?

Ella asintió con la cabeza.

La cena tendría lugar en el patio de un famoso hotel. Suaves luces de color lavanda iluminaban los preciosos jardines, por los que paseaban mujeres elegantísimas y enjoyadas.

Amira no tardó más de diez minutos en darse cuenta de que Adir era tratado como lo que era, un líder fiero e inteligente, el hombre que había unido a las tribus beduinas.

Después de cenar, circularon entre los invitados durante dos horas, saludando a unos y a otros.

—Estás cansada —dijo él.

—Un poco.

—Diez minutos más y nos iremos. Aunque no ha

estado en la reunión del Consejo, he oído que el jeque Karim piensa aparecer por aquí esta noche y quiero conocerlo.

—¿El rey de Zyria? —exclamó Amira, sorprendida.

Adir asintió.

—Zyria no es miembro del Consejo, pero he oído que Karim quiere un asiento en él y por eso se ha ofrecido como anfitrión.

Ella asintió, apoyándose subrepticiamente en su hombro. Un minuto después, un guardia uniformado se acercó.

—Su Majestad el jeque Karim desea verlo en su despacho.

—Dígale que voy a acompañar a mi esposa a la habitación y lo veré en quince minutos.

Más que aliviada por no tener que seguir fingiendo cuando estaba agotada, Amira dejó que Adir la llevase hacia los ascensores.

—No tienes que acompañarme a la suite. Prefiero que termines con esa reunión y vengas a la cama cuanto antes.

Habían entrado en un ancho pasillo con fotografías de tamaño natural en las paredes y no se dio cuenta de que Adir se había detenido hasta que tuvo que pararse.

Se volvió y, al ver su expresión, olvidó lo que iba a decir.

Estaba pálido, inmóvil, mirando una fotografía.

—¿Adir?

Él no se movió.

Estaba mirando la fotografía de dos hombres, uno mayor y el otro más joven. El difunto rey Jamil Avari de Zyria y su hijo, el jeque Karim.

Aunque era muy joven en esa fotografía, el parecido era evidente.

Dejando escapar un gemido, Amira miró la siguiente fotografía, una más reciente del jeque Karim. Miró a Adir y luego miró la fotografía, como hipnotizada.

No era tanto el parecido físico como el porte. La misma inclinación de la cabeza, la misma nariz arrogante, la misma mirada penetrante, los mismos ojos.

Cualquiera que viese a los dos hombres juntos haría la conexión porque era innegable.

El difunto rey Jamil tenía que haber sido el amante de la reina Namani, el padre de Adir. El jeque Karim, por tanto, era su hermanastro. Otro hermano al que Adir no conocía.

Otra oportunidad perdida de tener una familia.

¿Habría sabido el rey Jamil que la reina Namani había tenido un hijo suyo?

Qué historia tan retorcida, tan desoladora. Y, al final, era Adir quien más había sufrido. Abandonado por su madre y su padre…

Hijo de un rey y una reina, era comprensible que fuese un líder natural. Que incluso siendo un niño huérfano descartado en el desierto, hubiese triunfado consiguiendo lo imposible.

Amira intentó contener su rabia. Le habían robado tantas cosas…

Pero ¿qué le haría aquello a Adir? ¿A ellos, a su matrimonio?

Se le aceleró el corazón y, de repente, no podía respirar.

—¡Adir! ¡Adir!

El grito de Amira sacó a Adir de su momentánea conmoción y la sujetó por la cintura un segundo antes de que cayese al suelo de mármol.

Estaba tan pálida que se le puso el corazón en la garganta. Si le pasaba algo por su falta de atención…

De inmediato, le dio órdenes a un guardia para que llevase un mensaje al jeque y, unos minutos después, la dejaba en la cama de la suite.

Pero la muy cabezota se negaba a permanecer tumbada y se sentó en la cama, tomando un vaso de agua.

Adir se sentó a su lado, con el corazón latiendo como un trueno. Aquella era la última pieza del rompecabezas. Era el hijo bastardo de un rey y una reina, un error al que habían desterrado al desierto.

El príncipe Zufar estaba en lo cierto cuando dijo que era una mancha en la familia.

Debería haberlo tenido todo: un padre, una madre, hermanos. Y, sin embargo, no había tenido nada ni a nadie cuando era niño.

Y ahora acababa de descubrir que tenía otro hermano, el hombre que lo esperaba unos pisos más abajo. El hombre que tendría información sobre su padre. La información que había querido durante toda su vida.

–¿Adir?

El miedo de la voz de Amira lo devolvió al presente.

–¿Te duele algo? ¿Estás bien? –le preguntó–. Voy a llamar al médico.

–No, estoy bien –respondió ella, llevándose las manos al abdomen–. Por un momento no podía respirar y…

Sus ojos se llenaron de lágrimas y en esa ocasión no pudo pararlas.

Tomó la mano de Adir, deseando que se apoyase en ella, deseando compartir la angustia que veía en sus ojos.

–Lo siento mucho.

Él se pasó una mano por el pelo, la única señal que traicionaba su conflicto interno.

–Entonces, ¿no soy el único que lo ha visto? ¿No me estoy imaginando el parecido?

–No, hay demasiadas similitudes. ¿Nunca lo habías visto en persona?

–No –Adir se apartó de la cama pasándose una mano por la cara. Y así, de repente, Amira supo que lo estaba perdiendo–. Tengo que irme. ¿Te importa quedarte sola?

–¿Vas a hablar con él?

–Sí, tengo que hacerlo, me lo debo a mí mismo.

–Adir, por favor, lo único que conseguirás es hacerte más daño. Y yo no podría soportarlo –dijo ella, angustiada–. No puedo soportar verte sufrir así. Déjalo estar, Adir. Déjala ir. Deja atrás el pasado para que tengamos una oportunidad.

Él dejó escapar un gemido, un sonido tan desdichado que el corazón de Amira se rompió en pedazos.

–No puedo, Amira. No puedo.

–¿Qué has conseguido hasta ahora? –le espetó ella–. Solo empequeñecer el valor de lo que tienes, hacer que te preguntes cómo podría haber sido tu vida cuando eres un líder honorable, un hombre maravilloso. La reina Namani debería haberte dejado en paz. Debería haberte hecho creer que eras un niño abandonado, un huérfano. Eso habría sido mejor que… este purgatorio en el que te dejó.

–¿Cómo te atreves a decir eso? Ella me quería. ¿Cómo te sentirías si yo te obligase a abandonar a tu hijo?

–Yo no abandonaría a mi hijo por nada del mundo. ¿Me oyes? Me da lástima tu madre. Enamorarse de un hombre cuando estaba casada con otro, tener que abandonar a su hijo para proteger su reputación. Estaba tan resentida, tan cargada de veneno que odiaba al mundo entero. Sí, siento lástima de ella, pero no fue una buena madre. No lo fue, Adir. Cuando te escribió esas cartas, ¿de verdad pensaba en lo que era mejor para ti? Nunca se arriesgó a verte, pero vertía todo su veneno en esas cartas como una inútil rebelión contra las circunstancias. Era una mujer débil y egoísta…

–¡No quiero escuchar una mala palabra sobre ella!

–Y yo no voy a permanecer callada por temor a que me odies, por temor a que nunca me quieras si hablo mal de ella –replicó Amira–. ¿No te has preguntado por qué Zufar, Malak y Galila se quedaron tan sorprendidos por tu aparición? ¿Tan dispuestos a rechazarte sin escucharte siquiera? No estoy de acuerdo con lo que Zufar te dijo, pero Namani no fue una buena madre. Créeme, yo soy amiga de Galila desde niña y lo sé muy bien. Namani siempre fue indiferente con Zufar y Malak, pero con Galila… de niña la trató bien, pero cuando se hizo mayor, cuando se transformó en una joven guapa que podía competir con ella, tu madre le arrebató su amor, le dio la espalda. Tal vez te quería, tal vez le rompió el corazón tener que abandonar a su amante y luego a ti, pero cuando te escribió esas cartas en las que te transmitía su resentimiento, en las que atizaba tu odio, no estaba pensando en ti. Ella te envenenó, Adir, te convirtió en un hombre sin corazón y la odio por ello. De no haber sido por Namani, tú le darías una oportunidad a este matrimonio y podrías ser feliz.

No sabía si algo de lo que había dicho afectaba a Adir o no porque la miraba en silencio, como si ella se hubiera transformado en otra persona. Como si hubiese destruido el pedestal en el que había puesto a su madre.

Y Amira perdió toda esperanza.

—¿Qué harás si el jeque Karim se niega a reconocer que es tu hermano? ¿Robarle otra novia, ensuciar su nombre? Zufar y él son tan inocentes como lo eres tú.

Adir se dio la vuelta y ella decidió que ya estaba harta.

—Tienes que elegir, Adir.

Un brillo de furia convirtió los ojos de color ámbar en oro bruñido.

—No te atrevas a darme un ultimátum. Eres mi mujer.

—Soy tu mujer y te quiero, pero mientras te aferres al pasado no hay esperanza para nosotros. Nunca verás todo lo que eres, como te veo yo, como te ve tu gente, como te ve el mundo entero. Eres un magnífico gobernante, un líder y un marido maravilloso, pero tienes que elegir entre tu futuro y tu pasado.

Él sacudió la cabeza.

—No puedo. Acepte el pasado o no, no puedo quererte, Amira.

—Yo no exijo que me quieras. Estoy dispuesta a vivir con lo que seas capaz de darme, pero no puedo soportar ver que el pasado te persigue a todas horas. No puedo soportar amar a un hombre cuyos ojos están llenos de sombras. Amar a un hombre para quien yo soy algo secundario. Dime, Adir, ¿ahora mismo puedes mirar el futuro, nuestra vida, nuestro hijo, sin pensar en lo que podrías haber tenido? ¿Sin pensar en lo que te robaron tu padre y tu madre?

Adir parecía tan desolado como ella.

—No.

–Entonces estamos estancados porque yo no voy a vivir con un hombre que no deja de pensar en el pasado. Con un hombre que siempre está mirando hacia atrás.

Adir levantó la cabeza para mirarla a los ojos.

–No puedo hacer nada, Amira. Vamos a tener un hijo, eres mi mujer y sé que me quieres. Y también sé que no vas a dejarme –le dijo–. Admito que ahora mismo estoy enfadado y no me apetece hablar, pero cuando lo piense un poco, cuando vuelva a estar calmado, volveré. Y cuando vuelva seguiremos adelante como si no hubiera pasado nada.

Capítulo 12

CUANDO el sol empezaba a ocultarse tras el horizonte, tiñendo las aguas que rodeaban la palaciega casa de gloriosos rosas y naranjas, era la hora favorita del día para Amira.

Cuando paseaba por los hermosos jardines o bajaba a la playa para ver la puesta de sol, casi podía olvidarse del resto del mundo.

Y de él.

«Casi».

Podía olvidar que su padre la llamaba cien veces al día, criticándola por haberse atrevido a dejar a Adir. Podía olvidar que, cuando llegaba la noche y se tumbaba en la solitaria cama del enorme dormitorio, lloraba hasta quedarse dormida. Podía olvidar que a veces dudaba de sí misma por haber dejado a un hombre que la trataba con respeto, amabilidad y afecto.

Pero también había momentos como aquel, cuando ponía las manos sobre su vientre y el corazón le decía que había hecho lo que debía hacer.

No podía vivir con un hombre que no entendía su amor, que lo creía una debilidad que podía usar para atarla a él.

Ni siquiera por su hijo.

No tenía nada con lo que negociar y, sin embargo, no sentía miedo. Estaba segura de sí misma. Eso era lo que Adir le había dado.

El valor de tener fe en sí misma y en sus propias decisiones.

Adir estaría furioso con ella por haberlo dejado, pero no la forzaría a vivir con él contra su voluntad. Estaba completamente segura. Tanta fe tenía en él. En su amor por él.

Pero no podía renunciar a su amor propio solo por estar a su lado. Por mucho que quisiera hacerlo.

Estaba guardando los platos después de la cena cuando oyó el ruido de un coche en el camino de entrada.

Frunciendo el ceño, Amira se acercó a la ventana de la cocina. El guardia vivía en una casita a la entrada de la finca y las dos doncellas que la atendían ya se habían retirado, de modo que estaba sola.

Vio una figura alta, oscura, bajo las luces del pórtico.

Su marido.

Temblando, Amira se dirigió al salón y llegó cuando él estaba abriendo la puerta.

En su rostro había furia y algo más que no podía descifrar. Pero cuando abrió la boca y volvió a cerrarla, cuando empezó a pasear por el salón como un animal enjaulado, Amira supo qué era esa otra cosa.

«Miedo».

¿Por ella? ¿Por su hijo?

—Informé a Wasim de mis intenciones antes de marcharme —le dijo.

Eso no aplacó su furia. De hecho, la miraba como si no pudiese controlar sus emociones.

—¿Informaste a Wasim? —repitió, con voz ronca.

De repente, la tomó por los hombros con fuerza.

No parecía darse cuenta de que le hacía daño y a ella le daba igual. El tormento de sus ojos la tenía transfigurada.

Nunca lo había visto perder el control de ese modo. Parecía tan angustiado que casi se podía creer que estaba desmoronándose.

–¿Eso es todo lo que tienes que decir, que has informado a otro hombre de que me dejas? ¿Que renuncias a nuestro matrimonio? No es así como se porta una esposa –le espetó–. ¿Esto es lo que debo esperar en el futuro? Primero dejaste plantado a Zufar y luego a mí.

Amira no sabía que había movido el brazo hasta que la palma de su mano chocó con el rostro de Adir, la bofetada resonó en el silencio del salón.

No sabía por qué lo había hecho. Ella odiaba la violencia de cualquier tipo, pero estaba desesperada.

Sus ojos se llenaron de lágrimas, que apartó con el dorso de la mano, furiosa.

–Vete de aquí, no quiero hablar contigo. Si eso es lo que piensas de mí, no hay nada más que decir. Quiero el divorcio, Adir. Yo no… no quiero volver a verte.

Y entonces, cuando pensó que se iba a desmoronar, Adir la atrajo hacia él. La envolvió en sus brazos, besando su sien mientras susurraba palabras cariñosas como había hecho la primera noche. Tan tierno, tan dulce, como si ella fuese lo más precioso del mundo. Como si no pudiese respirar si la soltaba.

–Te odio –le espetó Amira–. Te odio por lo que has dicho, te odio por hacerme sufrir. Te odio por retorcer mis palabras, por hacerme daño. Te odio tanto que… a veces desearía no haberte conocido.

–No, Amira. No digas eso.

–Te supliqué que te quedases esa noche, puse mi

corazón a tus pies, y tú lo pisoteaste. Aun así, he querido ser fuerte por nuestro hijo, pero tú… ni siquiera me dejas tener un poco de paz.

—Lo sé, *ya habibati*, todo esto es culpa mía. Por favor, Amira, no llores. No llores por mí. No podría soportarlo, ya no.

Amira no se apartó de sus brazos. Al contrario, se agarró a él con desesperación porque sabía que se iría en un momento. Pero si eso era lo que pensaba de ella…

—Namani se ha ido, Adir. Para bien o para mal, tu madre ya no está y no puedes aferrarte a su fantasma. Y ya no puedo culparla de nada porque eres tú quien se niega a ser feliz.

—Lo siento tanto —murmuró él con voz entrecortada—. Esa noche perdí la cabeza. Estaba tan furioso contigo… con la vida, con todo. Lo siento tanto, *ya habibati*.

—Te dejé un mensaje. Pedí las llaves a tu gobernanta y me mudé a tu casa. Las mujeres que trabajan aquí te son leales. Por Dios, te habrían contado hasta lo que comía si tú hubieras preguntado. No soy una niña, Adir. ¿Cuándo vas a tomarme en serio?

—Lo que he dicho antes es horrible y solo habla mal de mí, pero no me podía creer que tú pudieses…

—¿Pudiese qué?

—Dejarme así. Cuando estaba empezando a enamorarme de ti. Cuando estaba empezando a entender que era demasiado tarde porque tú te habías apoderado de mi corazón.

Amira lo miró, sorprendida. Estaba disculpándose y tenía peor aspecto que cuando entró en la casa. Evidentemente, lo que había dicho le había dolido a él más que a ella, pero…

En lugar de calmarla, eso la enfadó aún más.

—¿Alguna vez te has tomado en serio algo de lo que he dicho?

—Amira…

Ella se apartó para mirarlo a los ojos.

—¿Crees que tomar la decisión de marcharme fue fácil para mí? ¿Crees que te digo que te quiero porque soy una cría ingenua, que hago promesas vacías porque creo en los cuentos de hadas?

—No, yo…

—Te esperé durante toda la noche, preocupada por lo que ibas a decirle al jeque Karim, temiendo que él te hiciese daño. Cuando enviaste un mensaje diciendo que por la mañana estarías muy ocupado supe que querías evitarme y lloré hasta que no me quedaron lágrimas, Adir. Lloré de nuevo durante el desayuno, esperándote. Y entonces, cuando tú hiciste imposible que me quedase, decidí marcharme. Ni siquiera tu piloto era capaz de ponerse en contacto contigo. ¿Tú sabes lo preocupada que estaba? Si me hubiera quedado en el hotel, me habría desmoronado.

—Te fuiste, Amira.

Ella se dio cuenta entonces de que no estaba enfadado, sino asustado. Temiendo haberla perdido.

Haberla perdido para siempre.

El nudo de rabia, dolor y miedo que se había formado en su pecho durante esos días empezó a desaparecer. Adir había temido perderla. ¿Significaba tanto para él? ¿Estarían siempre así, dando un paso adelante y dos atrás?

No. No podría soportarlo.

—Declaraste con toda arrogancia que yo no me iría porque te quería, pero el amor no es una debilidad, Adir. Mi amor por ti me hace más fuerte.

–No, no es una debilidad y tenías razón sobre mi madre. Me quería, sí, pero también tenía defectos. En su dolor, me transmitió resentimiento y amargura y de no haber sido por ti, nunca me habría dado cuenta.

Amira pensó que el corazón iba a saltar de su pecho.

–¿Qué quieres decir?

–No fui a ver a Karim esa noche. Me quedé en el bar del hotel, pensando en todo lo que tú habías dicho. Una mujer tan frágil, unas palabras tan poderosas.

–Yo… no quiero que pienses que no entiendo tu dolor. Solo quería que vieses la realidad por ti mismo.

–No, Amira, tú has llevado luz a una vida llena de oscuridad. A medida que pasaban las horas me di cuenta de que tenías razón y, de repente, Karim me daba igual.

–¿De verdad?

–Me alegro de saber por fin quién era mi padre y saber que, aunque me abandonaron, soy el producto de una historia de amor. En cuanto acepté eso, hablar con Karim dejó de tener importancia –Adir cayó de rodillas y enterró la cara en su vientre–. Todo ha cambiado, yo he cambiado gracias a ti. Durante toda mi vida he querido ser reconocido, encontrar mi sitio. Anhelaba eso, pero tú tenías razón. Ya tengo una familia contigo, con nuestro hijo, con las tribus. Lo tengo todo en la vida… salvo tu amor, *ya habibati*. Tu amor es lo único que necesito. Siento tanto haberte hecho daño. Siento haberte hecho sentir que eras algo secundario en mi vida. Te quiero, Amira, con todo lo que tengo, con todo lo que soy. Tú eres la primera en mi corazón. Solo tú.

Amira estuvo a punto de tirarlo al suelo cuando se echó en sus brazos.

Sollozaba y reía a la vez mientras lo besaba porque ya no tenía ninguna duda. Por fin había encontrado su sitio.

Con el hombre al que amaba.

Con el hombre que la entendía, que la aceptaba y la adoraba. Tal como era.

* * *

Podrás conocer la historia de Neisha y Zufar en el segundo libro de la miniserie *Reyes del desierto* del próximo mes titulado:
LA CENICIENTA DEL JEQUE

Bianca

Unidos por conveniencia, pero atados por el deseo

PASIÓN EN SICILIA

Michelle Smart

Hacerse pasar por novia del multimillonario Dante Moncada y presentarse con él en sociedad estaba muy lejos de lo que Aislin O'Reilly tenía por costumbre, habida cuenta de que llevaba una vida bastante modesta; pero haría cualquier cosa con tal de asegurar el futuro económico de su sobrino enfermo.

Su acuerdo con Dante tenía un carácter estrictamente monetario, pero el impresionante siciliano era la personificación del peligro, y no pasó mucho antes de que los dos se dieran cuenta de que no podrían impedir que el deseo rompiera los términos de su acuerdo, liberara la explosiva pasión que compartían y los dejara sedientos de más.

Acepte 2 de nuestras mejores novelas de amor GRATIS

¡Y reciba un regalo sorpresa!

Oferta especial de tiempo limitado

Rellene el cupón y envíelo a

Harlequin Reader Service®
3010 Walden Ave.
P.O. Box 1867
Buffalo, N.Y. 14240-1867

¡Si! Por favor, envíenme 2 novelas de amor de Harlequin (1 Bianca® y 1 Deseo®) gratis, más el regalo sorpresa. Luego remítanme 4 novelas nuevas todos los meses, las cuales recibiré mucho antes de que aparezcan en librerías, y factúrenme al bajo precio de $3,24 cada una, más $0,25 por envío e impuesto de ventas, si corresponde*. Este es el precio total, y es un ahorro de casi el 20% sobre el precio de portada. !Una oferta excelente! Entiendo que el hecho de aceptar estos libros y el regalo no me obliga en forma alguna a la compra de libros adicionales. Y también que puedo devolver cualquier envío y cancelar en cualquier momento. Aún si decido no comprar ningún otro libro de Harlequin, los 2 libros gratis y el regalo sorpresa son míos para siempre.

416 LBN DU7N

Nombre y apellido	(Por favor, letra de molde)

Dirección	Apartamento No.

Ciudad	Estado	Zona postal

Esta oferta se limita a un pedido por hogar y no está disponible para los subscriptores actuales de Deseo® y Bianca®.
*Los términos y precios quedan sujetos a cambios sin aviso previo.
Impuestos de ventas aplican en N.Y.

SPN-03 ©2003 Harlequin Enterprises Limited